「アマタ、ひ……お嬢さまに近づかないでもらおうか」
「ふんだっ」

「シェスちゃん、
とまっていい？」

「うん」
たけのこの都市
一晩中アイナといれると聞き、
シェスフェリアの瞳は輝いた。

「あっ、シロウ！やっと見つけたにゃ！」
叫ぶなり全力疾走するキルファさん。
「うわっち⁉」

Anytime I can!

いつでも自宅に帰れる俺は、異世界で行商人をはじめました

vol.7

霜月緋色
Hiiro_shimotsuki
ill. いわさきたかし

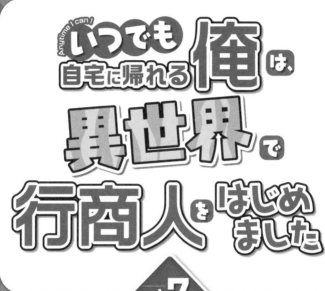

口絵・本文イラスト　いわさきたかし

CONTENTS

前巻のあらすじ

王都から戻《もど》った俺《おれ》は、妖精の祝福《冒険者ギルド》で再会したライヤーさんからとんでもない話を聞くことになった。

——死者が蘇《よみがえ》るダンジョンが見つかった。

伝説の錬金術師《れんきんじゅつし》が造ったとされるダンジョンの存在に、冒険者たちが浮《う》き立《た》つ。
しかし、肝心《かんじん》の死者を蘇らせる方法がわからない。
ダンジョンで見つかった魔道書《まどうしょ》も古代文字で書かれているため、解読待ちだという。

そんななか、ニノリッチは隣国《りんごく》からの難民を受け入れることに。
しかし、町には難民を受け入れるだけの資金がない。
そこで俺は商人たちから投資を募《つの》り、資金集めをすることに。

集まった莫大《ばくだい》な資金を元手に宿屋やカジノ、公衆浴場にオークション会場や劇場まで建設し、どれも大盛況《だいせいきょう》。

余裕《よゆう》で難民を受け入れることができて、ニノリッチはより大きな町となった。

そこからは大変だった。

俺が魔道書を読めたこともあり、ダンジョン攻略《こうりゃく》チームが編成される。

アイナちゃんにセレスさん、ママゴンさんまで加わり、ダンジョンの最下層を目指す。

パティが親友のエレンさんと二〇〇年越《ご》しの再会を果たすなか、

——アイナちゃんのお父さんが生きている。

その事実が判明するのだった。

第一話　いつもの日常

いつものように、ばーちゃんの家から店の二階《異世界》へ。

階段を下りて一階に移動すると、

「シロウお兄ちゃん、おはよう」

「おはようアイナちゃん」

店にはもうアイナちゃんの姿が。

流星祭が終わり、一週間が経《た》った。

冒険者と商人の増加に難民の受け入れ。それらに伴《ともな》う建設ラッシュ。

そしてナシューの遺跡《いせき》を巡《めぐ》るあれこれと。

田舎《いなか》の町らしからぬ、慌《あわ》ただしい日々が続いたニノリッチだったけれども、

「アイナ、おそーじからはじめるね」

「うん。お願いします」

やっと平穏《へいおん》が戻ってきた、といった感じだ。

アイナちゃんが掃除《そうじ》をはじめる傍《かたわ》ら、俺は開店準備を進める。

お釣《つ》りの準備よし。

買《か》い物袋《ものぶくろ》の準備よし。

新商品の陳列《ちんれつ》よし。

今日も完璧《かんぺき》だ。

「アイナちゃん、店を開けるよ」

「はーい」

入口の扉《とびら》に『営業中』の札をかけると、待ってましたとばかりに店内がお客で溢《あふ》れ返った。

「マッチを五個もらえるかい」

「これは初めて見るな。新商品か？　一つ買ってみるか」

「このお菓子《かし》、うちの子が大好きなのよ」

「真っ白な紙とエンピツをおくれ」

日本で仕入れた商品と引き換《か》えに、銅貨と銀貨が積み上がっていく。

新商品の噂《うわさ》を聞きつけたのだろう。

客足は途切《とぎ》れることなく続き、俺もアイナちゃんも大忙《おおいそが》しだった。

◇◆◇◆◇

「ふぅ。やっとひと息つけるな」

店が落ち着いたのは、お昼を過ぎてからだった。

現在の時刻は午後一時四二分。

いつも九時に店を開けるから、四時間半も接客していたことになる。

まあ、おカネがどんどんどん増えていく光景が大好きだから、一日中だって接客できるんだけれどね。

「ふふん♪　ふ～ん♪」

アイナちゃんを見れば、鼻歌交じりに商品の補充《ほじゅう》をしているところだった。

ちょうど客足も途切れたことだし、お昼休憩《きゅうけい》にしますか。

入口の札をひっくり返せば、『休憩中』の文字が。

店ごと休憩しても許されるのが、田舎町《いなかまち》のいいところだよね。

「アイナちゃん、遅《おそ》くなったけどお昼にしよう」

「はーい」

商品の補充を終えたアイナちゃんが、小走りでやってくる。

「今日は天気もいいし、日当たりのいい二階《上》で食べようか？」

「うん」

アイナちゃんと二階の応接室へ移動。

空間収納《くうかんしゅうのう》から丼《どんぶり》を二つ取り出し、テーブルに置く。

「うわぁ。シロウお兄ちゃん、このお料理はなぁに？」

丼の蓋《ふた》を開けたアイナちゃんが訊《き》いてくる。

瞳《ひとみ》がキランキランに輝《かがや》いているぞ。

「これは俺の故郷の料理でね、カツ丼《どん》っていうんだ」

「かつどん？」

「そ。カツ丼」

本日の昼食は、ばーちゃんが作ってくれたカツ丼。

空間収納に入れたものは時間が停止するから、取り出したことで湯気を立てはじめる。

出来たての証《あかし》だ。

鰹《かつお》だしの香《かお》りが、イイ感じに食欲を誘《さそ》うじゃんね。

「かつどん……かわいいなまえだね」

「そう？」

「うん。『かつどん』って、なんか小さなどうぶつさんみたいでかわいい」

「そうかなぁ」

「そうだよ」

たわいのない話をしながらお茶を用意し、ソファに腰掛《こしか》ける。

カツ丼に向かって手を合わせると、

「あれ？　アイナちゃんも手を合わせるの？」

「えへへ。シロウお兄ちゃんのまねっこだよ」

俺の所作を見たアイナちゃんも、ぱちんと音を響《ひび》かせ手を合わせていた。

「そっか。ならせーので言おうか？」

「うん」

「せーの、」

「「いただきます」」

日本式の儀式《ぎしき》を経て、カツ丼に手を伸《の》ばす。

「よし食べよう。アイナちゃんはスプーンでいい？」

「ううん。今日はね、シロウお兄ちゃんと同じオハシ《箸》をつかってみたい」

「チャレンジャーだね。はい、割《わ》り箸《ばし》。でも難しかったらスプーンで食べてね」

「ん」

アイナちゃんが割り箸をパチン。

見てるこっちが心配になるほど、箸を持つ手がぷるぷるしているぞ。

がんばれアイナちゃん。

もうちょっと……もうちょっとで口に――よし！

鉛筆《えんぴつ》持ちした箸で、カツ丼を口に運ぶことに成功したアイナちゃん。

それを見届けた俺は小さくガッツポーズ。

アイナちゃんはカツ丼を一口食べた瞬間《しゅんかん》――

「っ……」

瞳の輝きが増した。

「おいひぃ！　……っんく。シロウお兄ちゃん、このかつどんすっごくおいしいよ！」

どうやらお口に合ったようだ。

ばーちゃんの作ったカツ丼、めちゃんこ美味《おい》しいもんね。

「よかったー。どんどん食べてよ。足りなければまたばーちゃんに作ってもらうからさ」

「うん！」

もぐもぐ食べるアイナちゃんを眺《なが》めながら、俺もカツ丼を食べはじめる。

アイナちゃんはずっと、

「おいしいね」

と笑《え》みを零《こぼ》していた。

◇◆◇◆◇

昼食を終えた俺とアイナちゃん。

開店から昼過ぎまで忙《いそが》しかったから、いつもより長めに休憩することに。

休憩時間にお昼寝《ひるね》をすることもあるアイナちゃんだったけれど、この日は違《ちが》った。

「アイナちゃん、それって地図?」

「そうだよ。ロルフお兄ちゃんがかしてくれたの」

アイナちゃんはローテーブルに地図を広げ、真剣《しんけん》な顔で見ていた。

たぶん、大陸の地図なのかな?

地図の東側にギルアム王国の名が記されていた。

「……」

アイナちゃんの指先が、ギルアム王国の右端《みぎはし》――たぶんニノリッチ――に触《ふ》れ、そのまま左上に移動していく。

地図上いくつもの国を越《こ》え、ある点でぴたりと止まる。

「アイナちゃん、その国は？」

「ここはね、アプトスきょーわこく」

アイナちゃんはすうと息を吸《す》い込《こ》み、寂《さび》しげに、それでいて懐《なつ》かしそうに。

「アイナがね、むかしすんでいた国なの」

「……そっか」

アイナちゃんが、いまよりずっと小さかった頃《ころ》のことだ。

ステラさんは幼いアイナちゃんを連れ、戦争の絶えなかった故郷を捨てた。

二度と戦火で家族を失わない場所を求めて。

そして長い旅路の果てに、ここニノリッチへと辿《たど》り着いたのだ。

「おとーさん、どこにいるのかなぁ」

たぶん、無意識だったのだろう。

アイナちゃんがぽつりと零す。

——アイナちゃんのお父さんが生きている。


その事実がナシューの遺跡によって証明された。

アイナちゃんが急に地図を眺めはじめたのも、お父さんを求めてのことだろう。

俺はなんて言葉をかけるべきか悩《なや》んだ末、

「お父さんに逢《あ》えたら、なにして欲《ほ》しい？」

と訊いた。

瞬間、アイナちゃんの瞳が揺《ゆ》れた。

しばらく黙《だま》り込み、やがて。

「アイナね、ぎゅーってしてほしいな」

「そっか」

「うん」

アイナちゃんが再び地図に視線を落とす。

「ねぇ、シロウお兄ちゃん」

「ん、なんだい？」

「…………んと、」

地図を見つめたまま、アイナちゃんは続ける。

「アイナが……アイナがね」

「うん」

スカートの裾《すそ》をぎゅっと握《にぎ》る手は、微《かす》かに震《ふる》えていた。

「おとーさんをさがしにいきたいって、そういったら……シロウお兄ちゃんどうする?」

顔を上げ、俺を見つめるアイナちゃん。

いまにも泣き出しそうだった。

流星祭でランタンを飛ばしたあの夜から、アイナちゃんはずっと悩んでいたんだろう。

「お父さんを捜《さが》しに、かぁ」

それはつまり、ニノリッチを出て行くのと同義だ。

俺は手を伸ばし、アイナちゃんの頭にぽんと置く。

「うん。そのときは全力で協力するよ」

「……え?」

俺の答えが予想外だったのか、アイナちゃんがきょとんとした。

「だからアイナちゃん、俺に手伝えることがあったら遠慮《えんりょ》なく言ってね」

そう言い、アイナちゃんの頭を優《やさ》しく撫《な》でる。

アイナちゃんは顔をくしゃりとすると、

「……ありがとう、シロウお兄ちゃん」

少しだけ泣くのだった。

第二話　ステラと冒険者ギルドと

昼休憩を終え、再び店を開ける。

今日は『妖精の祝福《冒険者ギルド》』に携帯《けいたい》食料を納品する約束があった。

幸いにも、店はそれほど混んではいない。

となれば――

「アイナちゃん、俺そろそろギルドへ行ってもいいかな？」

「うん、いいよ。アイナ店番してるね」

「ありがとう。じゃあお願いするよ」

アイナちゃんに店を任せ、いざギルドへ。

以前は激レアな『空間収納《くうかんしゅうのう》スキル』を隠《かく》すため、ギルドまでリヤカーで商品を運んでいた。

けれども空間収納のスキルを持っていることを明かしたことにより、いまじゃ手ぶらだ。

缶《かん》コーヒー片手にギルドへと向かう。

しばらく歩くと、『妖精の祝福』と看板を掲《かか》げた建物が見えてきた。
相変わらず冒険者が、ひっきりなしに出入りしているぞ。
そんな中、
「……あれ？」
見知った顔がギルドから出てくるのが見えた。
最初は見間違《みまちが》いかと思ったけれど、
「やっぱり、ステラさんだよな」
間違いない。
あれはアイナちゃんのお母さん――ステラさんだ。
どうしてステラさんが、冒険者ギルドから出てきたのだろうか。
ギルドから出てきたステラさんは、心なしか肩《かた》を落としていたように見えた。
厄介事《トラブル》でもあったのかな？
あれこれと考えを巡らせたところで、答えはわからない。
ならば本人に直接訊こう、としたのだけれど、
「ステラさー……って、行っちゃったか」
ギルドの周辺は常に冒険者や依頼人《いらいにん》で溢れている。

俺が声をかけるよりも早く、ステラさんは雑踏《ざっとう》へと消えてしまった。

もう少し早く来ていれば、ギルドで会えたのかも。

「っといけない。納品しないと」

ギルドに入り、そのまま受付カウンターへ。

受付に並ぶ冒険者の列は四つ。

カウンターの右奥にウサ耳が見えたので、俺は迷わず一番左の列に並んだ。

それなのに――

「はーい次の方どーぞですよぅ……って、やだぁ。お兄さんじゃないですかぁ♡」

俺の順番がきたときには、なぜか担当の受付嬢《うけつけじょう》がウサ耳に代わっていた。

「ひょっとしなくてもアタシに逢いに来てくれたんですかぁ？」

「エミーユさん、さっきまで一番右にいませんでした？」

「トレルがどうしてもって頭を下げるから、場所を代わってあげたんですよぅ」

見れば、いつの間にやら一番右の受付嬢がトレルさんに代わっていた。

涙目《なみだめ》になっているあたり、目の前のウサ耳から横暴な扱い《パワハラ》でも受けたのだろう。

「そしたらお兄さんが来たんですよぉ。これはもう……運命。そう。運命なんですよぅ！

お兄さんの担当はいつだってアタシなんですよぅ。なんなら生涯《しょうがい》のパートナーだって担当してやるんですよぅ♥」

「えっと、マジで勘弁《かんべん》してください」

「またまた照れちゃってぇー」

エミーユさんが俺の肩をバシバシ叩《たた》いてくる。

兎獣人《うさぎじゅうじん》だけあって地味に痛い。

「それよりお兄さん、今日はどうしたんですかぁ？　あ、わかったんですよぅ！　とうとうデートのお誘いに来たんですねぇ？　もうっ。お仕事中なのにしょうがない人なんですよぅ」

とか言いながらカウンターを乗り越えようとするので、慌てて止める。

しかし、力じゃ向こうが遥《はる》かに上だ。

押《お》し返そうとするも、

「うふふふふっ。逢いに来てくれて嬉《うれ》しいんですよぅ」

笑みを浮かべたまま、じりじりと近づいてくる。

こんなんもうホラーじゃんね。

「納品です！　携帯食料の納品に来ただけです‼」

「食料⁉　それってお兄さんを食べていいってことですかぁ？」

「んなわけあるかーっ！」

「しょうがない人ですよぅ。ならキレイに平らげてあげるんですよぅ♥」

「だーっ！　ボタンを外すなーーー!!」

エミーユさんの指先がカウンターを穿《うが》つ。

なんて握力《あくりょく》だ。

食《く》い込んだ指を支点とし、エミーユさんの腕《うで》がより力を増していく。

「お、に、い、さぁぁぁん♥」

「ぐぅうのぉぉおっ！　あっち行けぇえっっっ!!」

俺はもう必死だ。

エミーユさんの顔面を両手で掴《つか》み、全力プッシュ。

「アァアタァアシィイイがぁぁぁ……こおのぅ……お、おいしくぅぅ……ふぬっ……食べてあげるんですようぅぅ!!」

「くっ……だ、誰《だれ》かたっけてー!!」

不運にも、この日は蒼《あお》い閃光《せんこう》が不在。

助けを求めてみるも、冒険者たちは遠巻きに眺めるだけで誰も助けに来てくれない。

なかにはこちらを指さし、賭《か》けをする人まで現れはじめた。

俺とエミーユさんの小競り合い《コント》が、いまじゃギルド名物となっているからだ。

「んふふふふっ。さあ、お兄さん……アタシと暗がりに行ってしっぽりするんですよぅ♥」

「いーーーやーーーーーっ!!」

悲鳴を聞きつけたネイさんが助けに来たのは、暗がりに連れて行かれる寸前だった。

◇◆◇◆◇

「はいお兄さん。金貨が五枚と銀貨が五三枚。これが今回の取引の代金なんですよぅ」

金貨と銀貨を受付カウンターに積み上げていくエミーユさん。

その顔は思い切りふて腐《くさ》れていた。

悲鳴を聞き、俺を助けに来てくれたネイさん。

ネイさんはエミーユさんの首根っこを掴むと、ずるずると引きずり別室へと連れて行った。

その別室で……たぶん、めちゃくちゃ怒《おこ》られたんだろうな。

エミーユさんの顔には泣き腫《は》らしたあとがあった。

「確認《かくにん》しました。今回も良い取引をありがとうございました」

「あ、まだダメなんですよぅ」

代金に受け取ろうとした俺の手を、エミーユさんがぱしんと叩いた。

「へ？」

「お兄さんにはギルドへのツケがあるんですよぅ。ここからそのツケを払《はら》ってもらうんですよぅ」

現金払《げんきんばら》いを信条としている俺に、聞き慣れない言葉が飛び込んできたぞ。

首を傾《かし》げる俺に構わず、エミーユさんは銀貨の山から数十枚。金貨に至ってはすべて持っていった。

ちゃんとギルドの金庫に入れていたから、どさくさに紛《まぎ》れてポケットにナイナイしているわけでもなさそうだ。

「ツケ、ですか？　そんなのありましたっけ？」

「大ありですよぅ。このツケは」

エミーユさんはそこで区切ると、視線を酒場へ向ける。

つられてそちらを見ると……

「そこの女、この肉料理をあと七皿持ってこい」

「私はこちらの山菜炒《いた》めを五皿。川魚のムニエルを六皿頂きましょう。すあま、貴女《あなた》はなにを食べますか？」

「おにくぅーっ」

「聞きましたね只人族《ヒューム》よ。娘《むすめ》には肉料理を八皿ほど頼《たの》みます」

セレスさんとママゴンさん、おまけにすあまが食事中だった。

今日もテーブルが料理で埋《う》め尽《つ》くされている。

尋常《じんじょう》じゃない量を食べているぞ。

胃袋自慢《いぶくろじまん》のフードファイターだって、裸足《はだし》で逃《に》げ出してしまいそうなほどだ。

「あのチチデカ女どもが作ったツケなんですよぅ。支払《しはら》いは全部お兄さん持ちだって、そう言ってるんですよぅ」

「あ、はい」

「来月分のツケはもっと凄《すご》いことになりそうなんですよぅ」

「成長期の子がいますからねー」

視線をもう一度酒場へ。

運ばれてきたマンガ肉に、すあまが嬉しそうに齧《かじ》りついていた。

その笑顔《えがお》はプライスレス。

卵を拾った一人として、喜んで支払おうじゃないか。

だがセレスさんとママゴンさん、あなたたちはダメだ。

二人ともいい大人なのだから、そろそろ自立してもらおうか。

いい加減、二人の仕事を真剣に考えるときが来たのかもしれないな。

「なるほど。ツケの支払いが定期的にあるということは理解しました」

「理解してもらえてよかったんですよぅ」

支払いを終え、残った銀貨八枚を空間収納へしまう。

ツケという予想外の出費があったものの、ひとまず今回の取引も無事終了《しゅうりょう》。

「ネイさんにもお礼を言っておいてください」

「嫌《いや》ですけど伝えておくんですよぅ。嫌ですけど」

エミーユさんが拗《す》ねたように言う。

「お兄さん、次はギルドマスターがいないときに来て欲しいんですよぅ」

「ネイさんに怒られたばかりなのに、よくそゆこと言えますね」

「いーっだ。恋《こい》する乙女《おとめ》は強いんですよぅ。これぐらいじゃ挫《くじ》けないんですよぅ」

「叶《かな》うならそろそろ挫けて欲しいところなんですけどね。じゃあ、代金も受け取ったので俺はこれで――」

失礼します、と続けようとしたところで、ふと思い出す。

「そだ。エミーユさん、」

「なんですぅ？　やっぱりデートのお――」

「違います。デートじゃなくてですね、さっきステラさんがギルドから出てくるのを見かけたんですけれど――」

「はぁぁ!?　ステラァァッ？　アタシの前で他の女の名前を口にするなんていい度胸なんですよぅ！　誰なんですよぅ!?　そのステラとかいうドロボー猫《ねこ》はぁっ？」

俺の胸倉《むなぐら》を掴み、すんげぇ形相で凄むエミーユさん。

怖《こわ》い。ただただ怖い。

「ステラさんはアイナちゃんの母親ですよ！」

「……母親？　アイナの？」

ぽかんとするエミーユさん。

しばらくして、ポンと手を叩いた。

「そうだったんですよぅ。ステラはアイナのママの名前でしたよぅ」

やっと思い出したようだ。

「うん。アイナのママならさっきギルドに来たんですよぅ」

さっき見かけたのは、やっぱりステラさんだったようだ。

「なんか『手紙を出したい』って言うから、心優《こころやさ》しいアタシが相談に乗ってあげたんですよぅ」

「心優しい受付嬢が、相談に乗った相手の名前を忘れたんですか？」

「一日に一〇〇人近く相手してるから、名前なんていちいち憶《おぼ》えてられないんですよぅ。右から左なんですよぅ」

「わーお」

妖精の祝福じゃ最古参のスタッフなのに、凄いことカミングアウトするじゃんね。

ネイさんが聞いたら再び別室送りだ、これ。

「エミーユさんの仕事に対する姿勢はこの際置いといて、っと」

「なんで勝手に置くんですかぁ」

エミーユさんが、ぷくーと頬《ほお》を膨《ふく》らませる。

けれども俺はこれを無視。

「それより手紙ってことは……ひょっとしてアプトス共和国に？」

「よくわかったんですよぅ。正解なんですよぅ。でもアイナのママに見積りを提示したら、しょんぼりして帰っていったんですよぅ」

「ふむ。配達料金が高額だったんですか？」

「あたり前ですよぅ。アプトス共和国はすっごく遠くにあるし、ギルアム王国と国交もないから、手紙を一通届けるのにも大金がかかるんですよぅ」

「なるほど。ちなみにお幾《いく》らほどで？」

俺の質問に、エミーユさんは右手でパーをつくった。

「届けるのに最低でも金貨五枚かかるんですよぅ」

「えぇっ!?　金貨五枚ですか？」

金貨五枚。日本円でおよそ五〇〇万円。

ツケの支払いで持っていかれた金額と、ほぼ同額だ。

ニノリッチの平均月収が銀貨一〇枚（一〇万円）と考えれば、懐《ふところ》が痛いどころの話ではない。

「なんですぅ、お兄さんのその顔はぁ。これでも最低金額なんですからねぇ。ライヤーたちみたいな銀等級パーティに依頼《いらい》したら、この三倍はかかるんですよぅ」

「三倍……。いや、でもそうか」

俺《おれ》は以前、ライヤーさん率いる蒼い閃光に依頼を出したことがある。

あのときは三日間で、銀貨三〇枚かかった。

日数がかさめば、その分金額も増えていく。

となれば冒険者《ぼうけんしゃ》パーティに他国への配達を依頼して『金貨五枚』は妥当《だとう》なラインなのかも。

「ステラさん……」

旦那《だんな》さんが生きていると知り、ステラさんは故郷に手紙を出そうと考えたのだ。

誰に宛《あ》てた手紙かはわからない。

けれども故郷にいる誰かに、旦那さんを知る誰かに出そうとしていたのだろう。


――旦那さんが、故郷に戻《もど》っているか知るために。


「資料によると、アプトス共和国は数年前まで戦争をしていたみたいなんですよぅ。戦争をしてた国は勝っても負けても荒《あ》れるんですよぅ。そんなとこに冒険者を送るとなると、それなりの金額が必要になるんですよぅ」

アイナちゃんが見ていた地図では、ギルアム王国とアプトス共和国の間にいくつも国が存在していた。

こちらの世界は町に入る度に税を徴収《ちょうしゅう》されるし、なんなら国境を越《こ》えるのにも税がかかる。

それらを含《ふく》めた金額が金貨五枚なのだろう。

手紙一通に金貨五枚。

そんな大金を、ステラさんが出せるわけがなかった。

「……ったくもう。俺を頼《たよ》ってくれれば金貨五枚ぐらい出したのに」

俺がぽつりと呟《つぶや》いた瞬間だった。

「っ⁉」

エミーユさんの目の色が変わった。

俺を見て、「マジかよ⁉」みたいな顔をしているぞ。

「お、お、お兄さん！　アタシも手紙を出したいんですよぅ！　大陸の端《はし》っこに出したいから金貨じゅう——ううん、三〇枚——いやいや、金貨五〇枚は必要なんですよぅ！　端っこだし。端っこだしぃ！　だからアタシに金貨五〇枚をくださいよぅ‼」

俺の肩をぐわしと掴むエミーユさん。

そんなエミーユさんを冷めた目で見つめ返す。

「へええ。誰に出すんですか？」

「えっと、えっと、ともっ——友達ですよう！　生き別れになった友達っぽい人にお手紙を出したいんですよぅ！　だから金貨五〇枚を！　なんなら一〇〇枚だって構わないんですよぅ!!」

必死な顔で懇願《こんがん》してくるエミーユさん。

しかし俺の視線は横に水平移動。エミーユさんの背後へと向けられた。

「ちょっとお兄さん、聞いてるんですかぁ？　お手紙を出したいアタシに金貨を――」

エミーユさんの背後を指で指し示す。

「後ろ後ろ。エミーユさん後ろ」

「――貸してって……はぁっ!?　後ろがどうしたってんですよぅ！」

エミーユさんが振《ふ》り返った先、そこには――

「あらあらエミーユさん。金貨がどうとか聞こえましたけれど、シロウさんに何をお願いしているのかしら？」

ネイさんが立っていた。

表面上は微笑《ほほえ》んでいるけれど、額には青筋が。

「ひぎぃっ。ギ、ギ、ギルドマスター……」

「どうやら貴女とはもう少しお話をしないといけないようですわね」

ネイさんは微笑んだまま手を伸ばすと、

「ひいぃぃいっ」

エミーユさんの首根っこをむんずと掴む。

そしてそのまま——

「さあエミーユさん、こちらへ」

「嫌ですよぅ！　もう怒られるのは嫌なんですよぅ！　お兄さん助けてくださいよぉぉぉおおおおぅっ!!」

再び別室へと連れて行かれた。

俺はエミーユさんの悲鳴を背に、ギルドを後にするのでした。

第三話　秘密の話

店に着くころには、もう日が傾《かたむ》いていた。

「アイナちゃん、いま戻ったよ」

店に戻ると、

「おかえりなさい、シロウお兄ちゃん」

すぐにアイナちゃんが笑顔で出迎《でむか》えてくれた。

その顔を見た瞬間、

「……」

唐突《とうとつ》に、ステラさんのことを思い出してしまった。

ステラさんは、手紙のことをアイナちゃんに話していたのだろうか？

いいや、きっと話していない。

もし話していたら、アイナちゃんが教えてくれたはず。

となれば、だ。

「ん、シロウお兄ちゃんどうかした？」

「ううん。どうもしてないよ」

ステラさんが手紙を出そうとしていたことは、アイナちゃんには黙っていた方がいいだろう。

「それより遅《おそ》くなってごめんね。一人で大変だったでしょ？」

「ぜーんぜん。アイナへっちゃらだったよ」

両手を曲げて、力こぶをつくるアイナちゃん。

アイナちゃんなりの疲《つか》れてないアピールだ。

一日フルで動いたのにまだまだ元気いっぱい。

そのバイタリィティ、ちょっと羨《うらや》ましいよ。

「アイナちゃんは強いなぁ。でももう夕方だし、今日は早めに店を閉めちゃおうか」

「はーい」

店の扉《とびら》から『営業中』の札を外す。

アイナちゃんが店内の掃除《そうじ》をはじめ、俺が売上の計算をはじめたときだった。


――トントン。

店の扉をノックする音が聞こえた。

次いで、

「シロウ君、いるだろうか？」

との声も。

店の扉を開けると、そこには金髪碧眼《きんぱつへきがん》のイケメンが。

「デュアンさんじゃないですか。どうしたんです、こんな時間に？」

「よかった。扉が閉まっていたから不在なのかと思ったよ」

安堵《あんど》からか、デュアンさんが胸を撫で下ろす。

彼《かれ》は領主バシュア伯爵《はくしゃく》の命《めい》により、難民たちと一緒《いっしょ》にニノリッチに移住してきた騎士《きし》で、名をデュアン・レスタードという。

騎士として、移住してきた難民と前から住んでいた住民の間に立ち、橋渡《はしわた》しをする役目を担《にな》っていたらしい。

けれども両者の間で懸念《けねん》していたような諍《いさか》いは起きず、最近は部下と共に町を警邏《けいら》し、治安維持《いじ》に努めてくれている。

「シロウ君、君に急ぎ伝えなければならない事案があってね。すまないが少し時間を貰《もら》えるだろうか？」

　デュアンさんが申し訳なさそうに訊《き》いてくる。

　行き交《か》う人々がこちらをチラ見しているのは、デュアンさんが騎士だからか、はたまた美青年《イケメン》だからか。

　チラチラ見てるのが女性ばかりだから、きっと後者なのだろう。

「それと、可能ならばアイナ嬢《じょう》も一緒に話を聞いてもらいたいんだ」

「アイナも？」

「ああ。君とシロウ君、二人に大切な話があるんだ」

「だそうだけれど、アイナちゃん時間は大丈夫《だいじょうぶ》？」

「ん、アイナはへーきだよ」

　俺とアイナちゃんは頷《うなず》き合うと、

「デュアンさん、どうぞ中へ」

　話を聞くため、デュアンさんを招き入れるのだった。

◇◆◇◆◇

デュアンさんを二階の応接室に通す。

「閉店間際《まぎわ》に押しかけてすまないね」

「そんなの気にしなくていいですよ。さあ、どうぞ座《すわ》ってください」

「ありがとう」

デュアンさんがソファに腰《こし》を下ろす。

窓から夕日が差し込み、デュアンさんの髪《かみ》がキラキラと輝《かがや》く。

ただソファに座っただけなのに、まるで映画のワンシーン。

妹たちがいたら、きゃーきゃー騒《さわ》いだことだろう。

今日が学校のある平日でよかった。

紅茶とお菓子《かし》を用意し、俺とアイナちゃんも対面のソファに腰を落ち着ける。

「ん～……良い香《かお》りだ。シロウ君の扱う茶葉はマゼラでも大人気なんだよ」

紅茶の香りを楽しむデュアンさん。

「みたいですね。俺の所属する『久遠《くおん》の約束』からも、仕入れる量を増やしたい、と言われてますし」

「マゼラでは高値で取引されている茶葉が、君の店だと格安で販売《はんばい》されているから驚《おどろ》いたものさ」

「そこは需要《じゅよう》と供給のバランスですね。ニノリッチでは紅茶を飲む人があまりいないので」

それこそステラさんと町長のカレンさんを除けば、買い付けに来た商人や一部の主婦層ぐらいだ。

「この町にはマゼラでも手に入らないような、美味《おい》しいお酒がたくさんあるそうだからね。みんな紅茶よりもそちらを飲みたがるのだろう」

「あはは。よかったらこんどデュアンさんも飲みに行きます？」

「いいね。ぜひお願いするよ」

イケメンと飲みに行く約束を取り付けつつ、場も温まったのでいざ本題へ。

「それで俺たちに話ってなんでしょう？」

「実は君たちに頼みたいことがあってね」

「頼み事、ですか」

「ああ。でもその前に、今からする話は他言無用で頼むよ」

そう前置きするデュアンさんに、俺もアイナちゃんも頷いて返す。

騎士であるデュアンさんが、一介《いっかい》の商人である俺を訪ねてきた理由はわからない。

——いや、本当は一つだけ心当たりがある。

デュアンさんは、カレンさんに絶賛片想《かたおも》い中。

しかし、想《おも》いを寄せられているカレンさんにその気はなく、いつもデュアンさんを冷たくあしらっている。

もし訪ねてきた理由が恋の相談だった場合、果たして俺はどうするべきだろうか？

カレンさんとデュアンさん、両者と友人関係を築いている手前、板挟《いたばさ》みになること待ったなし。

そもそもカレンさんはデュアンさんを全力で避《さ》けているわけで、そんなデュアンさんの相談に乗るということはつまりカレンさんを裏切る行為《こうい》に等しく、それはお世話になっているカレンさんに後ろ足で砂をかけることになるのではなかろうか？

というか恋の相談だとしたら、なぜアイナちゃんも同席しているのだろう？

女性目線のアドバイスを得るためとはいえ、アイナちゃんでは幼すぎるのではないか？

脳をかつてないほど高速回転させていると――

「今日、君たちに会いに来たのはね、バシュア伯爵の命によるものなんだ」

ぜんぜん違《ちが》った。

カレンさんまるで関係なかった。

「ゲフン、ゲフン。……詳《くわ》しく伺《うかが》いましょう」

咳払《せきばら》いし、居住まいを正す。

隣《となり》のアイナちゃんも俺をまねっこし、背筋をぴんと伸《の》ばしていた。

ことバシュア伯爵――つまり貴族絡《がら》みということは、きっと今回もめんどくさいことに違いない。

「実はね、とある方がここニノリッチに居を構えることになってね」

「とある方、ときましたか。その言い方ですと、それなりに身分のある方ですよね？」

「さすがシロウ君。鋭《するど》いね」

デュアンさんの反応を見る限り、十中八九貴族で間違いなさそうだ。

「身分の高い方がニノリッチに居を構えることはわかりました。でもなぜそれを俺に？

この手の話は、俺よりもまずカレンさんに伝えるべきでは？」

「それはね、その方が君たちと親交を持っているからだよ」

「えっと、君たちというのは、俺とアイナちゃん、という意味ですか？」

「ああ。君とアイナ嬢とだ」

デュアンさんの言葉に、俺もアイナちゃんもぽかん。

なぜなら俺と交流のある貴族といえば、それこそバシュア伯爵とその夫人ぐらいしか思いつかないからだ。

あの語尾《ごび》に「ざます」とつく伯爵夫人が、このニノリッチに移住するのだろうか？

美に強い拘《こだわ》りを持つ伯爵夫人のことだ。

妹たちが経営する『ビューティー・アマタ』の存在を知ったとすれば、なくはない……のかな？

隣を見れば、アイナちゃんも頭の上にいっぱいのクエスチョンマーク《？》を浮《う》かべていた。

俺とアイナちゃんに心当たりはなく、誰のことだろう、と同じ方向に首を傾げる。

そんな俺たちを楽しそうに眺《なが》めながら、デュアンさんは続けた。

「シロウ君、王都では大活躍《だいかつやく》だったそうじゃないか」

「っ!?」

デュアンさんの口から出た、『王都』というワード。

瞬間《しゅんかん》、脳裏《のうり》に一人の少女が浮かび上がった。

「ま、まさかシェス……フェリア殿下《でんか》ですか？」

恐《おそ》る恐る訊くと、デュアンさんはにっこりと笑った。

「正解。なんとシェスフェリア王女殿下がニノリッチに移住なさることになったんだ」

ギルアム王国第一王女シェスフェリア。

正真正銘《しょうしんしょうめい》の王女様が、なんとこのニノリッチに移住してくるという。

貴族かと思っていたら、まさかの王族。

あり得なすぎて思《おも》い浮かびもしなかった。

「シェス……フェリア殿下がニノリッチに？　さすがに冗談《じょうだん》ですよね？」

「それが本当の話なんだ。既《すで》にシェスフェリア王女は王都を発《た》ち、この町に向かっているそうだよ」

シェスは考えるよりも先に体が動くタイプだった。

どんな理由でニノリッチに来るのかは知らないけれど、相変わらず行動が早いじゃんね。

「いったいどうして？　てかなんでその話を俺たちに？　それこそ事の重大さからいって、俺たちよりも町長であるカレンさんに話を通すべきでしょう」

「尤《もっと》もな意見だ。けれどもシェスフェリア王女は身分を伏《ふ》せることになっていてね。いかにサンカレカ嬢といえども明かすわけにはいかないんだよ」

「カレンさんにも……ですか？」

「サンカレカ嬢にも、だね」

事が重大すぎるが故に、シェスの正体を知る者は一人でも少ない方がいい。

つまりはそういうことか。

「シェスフェリア王女の正体を知るのは、僕《ぼく》を除けば君とアイナ嬢、それに王都にいた君たちの仲間だけさ。すまないがここにいない彼女《かのじょ》たちにも口止めを頼むよ」

デュアンさんが人差し指を口にあて、しーっ。ついでにパチッとウィンク。

俺が女性だったら確実にときめいていたことだろう。

「えっと、一つ質問してもいいですか？」

「もちろんだよ」

「高貴な身であるシェスフェリア殿下が、どうして辺境のニノリッチに移住してくるんですか？」

「詳しいことは僕も聞かされていない。シェスフェリア王女の移住に際し、準備を整えるようバシュア様から命じられただけさ」

「なるほど。その『準備』に俺たちの協力も含まれているわけですね」

「察しがいいね。君の言う通りだよ」

バシュア伯爵の信頼《しんらい》厚い騎士といえども、その理由までは教えられていないわけか。

「シロウ君、難しく考える必要はないよ。そもそも王族が幼少期に王宮を離《はな》れ、遠方の地で過ごすことは珍《めずら》しくないんだ」

「そうなんですか？」

「ああ。後継者《こうけいしゃ》を学術都市国家ズサへ留学させる貴族や王族は多いし、他にも暗殺を避けるためや、甘言《かんげん》で取り入ろうとする悪い虫を遠ざけるため。あるいは派閥《はばつ》争いに巻き込《こ》まないためであったりと、理由は様々」

デュアンさんはそこで一度区切ると、

「ただし、今回は騎士でしかない僕でもその理由を予想することが出来るけれどね」

楽しげな笑《え》みを浮かべた。

「予想ときましたか。後学のため教えてもらえませんか？」

「いいとも」

デュアンさんは頷くと、いくぶんか声のトーンを落として。

「シロウ君、君は人に変化するドラゴンを使役《しえき》しているそうだね」

「っ……」

二ヶ月前、王都へ行ったときのことだ。

俺は仲間と共に、シェスに降りかかった災《わざわ》いを振り払った。

そして王都を去る日のこと。

俺は二度とシェスに悪意が向けられないようにと、王宮の中庭でママゴンさんにドラゴンへと変身してもらったのだ。

シェスに害意を持つのならドラゴンが相手になるぞ、と。

警告の意味を込めて。

「知っていると思うけれど、上位ドラゴンでなければ人に変化することはできない。そして上位ドラゴンは一〇万の軍勢にも勝る存在なんだ」

ママゴンさんは伝説のドラゴン、不滅竜《ふめつりゅう》。

彼女との会話の節々から、ドラゴンの中でもかなりの上位に属していることが窺《うかが》い知れる。

デュアンさんは一〇万と言ったけれど、本気で彼女を相手にするとしたらあと二桁《けた》は必要なのではなかろうか。

「つまりは、こゆことですか」

デュアンさんから得た情報を整理し、一つの推測を導き出す。

「高位のドラゴンを従えている俺を囲《かこ》い込むため、シェスフェリア殿下がニノリッチに送られた。そゆことですよね？」

デュアンさんは静かに微笑むだけで、答えない。

ただ、ここでの沈黙《ちんもく》は肯定《こうてい》と同義だ。

「そっか。俺のせいでシェス……フェリア殿下がニノリッチに……」

「あるいは君が騎士だったのならば、違う選択《せんたく》もあったのかもしれない。けれども君は商人だ」

デュアンさんが困った顔をする。

「商人が忠義を向ける先は、ほとんどの場合が利益だ。僕はシロウ君が他の商人とは違うと知っているけれど、王宮にいる誰《だれ》かはそうと思わなかったのだろうね」

「……」

最近のニノリッチは、他国からも商人が訪《おとず》れることが当たり前になった。

次々と新しい建物が建設され、発展著《いちじる》しいニノリッチだけれども、それはこの町に暮らしているからこそ分かることだ。

他の都市や、それこそ王都に住む人々からすれば、ニノリッチは未《いま》だに辺境の田舎町《いなかまち》でしかない。

そして貴族や王族というものは、見栄《みば》えや体裁《ていさい》をとても気にするのだ。

王女が辺境に送られたと知れば、いったいどんな噂《うわさ》が立つことやら。

傷つきやすいシェスのことだ。

辺境送りになって、俺を恨《うら》んでいるかもしれない。

「シェスに会ったら謝《あやま》らないといけないな」

ため息と共に、小さく呟く。

一国の王女を呼び捨てにしたのに、デュアンさんは聞こえないフリをしてくれた。

「シロウお兄ちゃん」

アイナちゃんが手を伸ばし、俺の手をぎゅっと握《にぎ》る。

「ん？」

「シロウお兄ちゃん。シェスちゃんは強い子だよ」

「アイナちゃん……」

「シェスちゃんはね、イヤなことはイヤって、ちゃんといえる子だよ」

俺をまっすぐに見つめるアイナちゃん。

確かにシェスは、感情がそのまま服を着て歩いているような女の子だった。

自分の気持ちにとても素直《すなお》で、嫌なことがあれば侍女《じじょ》を縛《しば》り上げてでも逃げ出していた。

そんなシェスに、俺やアイナちゃんはもちろん、近衛騎士のルーザさんも振り回されていたっけ。

「だからね、シェスちゃんがニノリッチにくるのは、シェスちゃんがきたかったからだとおもうな」

「……そうかな？」

「うん。そうだよ」

アイナちゃんが微笑む。

その微笑みは、俺の胸に滲《にじ》み出た罪悪感を簡単に消し去ってしまった。

「あはは。確かにシェスはお転婆《てんば》が過ぎるところがあったもんね」

「あったあった。シェスちゃんったらね、きらいな貴族のおじちゃんにおさらをおとそうとしてたんだよ？」

「マジで？」

「うん。それもお城の五階から。アイナね、メッて。やっちゃダメだよってとめたんだ」

「偉《えら》いよアイナちゃん。もし止めてなかったら王宮で貴族殺人事件が起きていたかもしれないからね」

俺とアイナちゃんの会話を聞いて、とうとう我慢《がまん》できなくなったようだ。

「ぷふふっ。お転婆だなんて――シェスフェリア王女と親しい君たちだからこそ言える言葉だね」

デュアンさんが吹《ふ》き出してしまった。

「でもねシロウ君、王女の供回りの前ではそんな事を言ってはいけないよ。身分を隠《かく》しているとはいえ、相手は王族なのだから」

「わかってます。ルーザさん――シェスフェリア殿下の護衛騎士に聞かれたら、剣《けん》で即《そく》コレですからね。コレ」

俺は自分の手を剣に見立て、首を斬《き》られるジェスチャーをする。

顔に見えないペンで『姫《ひめ》さま命』、と書いてあるルーザさんのことだ。

シェスが移住してくるとなれば、一二〇パーセント彼女も帯同していることだろう。

「さて、話が逸《そ》れてしまったね。シェスフェリア王女が移住するにあたって、僕から――というか、バシュア様からシロウ君に頼《たの》みたい事がいくつかあってね。一つ目は――

……」

デュアンさんの話をざっくりまとめると、こんな感じだった。

まずはシェスが新たな生活を送る住居の用意。

土地の確保はデュアンさんが受け持つとのこと。

田舎《いなか》であるが故に、ニノリッチには広大な土地がある。

その一部を使用させて欲《ほ》しいと、この後カレンさんに頼みに行くそうだ。

一方で俺は、住居の建設を引き受けることに。

おそらくは難民たちの住居を建てた実績を買われてのことだろう。

シェスの住居と、供回りが住まう家。

この二つを建てて欲しいとお願いされた。

そして一番の問題である、シェスの身分をどう隠すかだけれども、

「へぇえ。商人の娘《むすめ》、ですか？」

「そうなんだ。でもただの商人じゃないよ。大きな商会の――豪商《ごうしょう》の娘ということにするんだ」

シェスは王族という身分を隠し、『豪商の娘』という設定でニノリッチにやって来るそうだ。

確かに豪商の娘ならば、護衛や供回りがいてもおかしくはない。

肝心《かんじん》の、豪商の娘が辺境に移住する理由。

それはいま王国中で話題になりつつある辺境の商人――つまりは俺と交流を持つため。

強大な財力を持つ豪商が、己《おのれ》の娘を噂の商人（俺）に近づける。

商売の学びを得るため、と考える者は多いだろう。

なかには政略結婚《けっこん》を狙《ねら》っているのでは？　と勘《かん》ぐる者もいるかもしれない。

どちらであろうと、豪商の娘がわざわざ辺境にやって来る理由としては十分だと思う。

そしてそんな架空の経歴《カバーストーリー》があれば、俺とシェスが行動を共にしていても不審《ふしん》がる者は少ないだろう、とのことだった。

「ついてはそのように振る舞《ま》い口裏を合わせて欲しい、というのがバシュア様からの頼みだよ」

説明を終えたデュアンさんは、俺とアイナちゃんを交互《こうご》に見つめ、

「シロウ君、アイナ嬢、どうかバシュア様の頼みを聞き入れてはくれないだろうか？」

頭を下げてきた。

俺とアイナちゃんは顔を見合わせる。

「もちろん協力させてもらいますよ」

「アイナも。アイナもシェスちゃんのためにがんばります」

ふんすと気合を入れるアイナちゃん。

親友と再会できると聞いて、全身から喜びが溢《あふ》れているぞ。

「それでデュアンさん、」

「なんだい？」

「シェスフェリア殿下の到着《とうちゃく》まで、あと何日ぐらいなんですかね？」

俺の質問に、イケメンの顔がぴしりと固まる。

「それなんだけれどね、」

「はい」

「早ければ五日の内にはご到着されるかもしれないんだ」

「……え？　五日って……ええっ⁉」

驚く俺に、デュアンさんは心底申し訳なさそうに。

「密書を運んだ使者殿が言うには、使者殿が王都を発つ前にはもうご出立されていたそうでね」

「使者より先にって……。ちょっとなにしてるのシェス」

思い立ったら一直線な性格ではあったけれど、まさか使者より早く出発してたなんて。

せっかちにもほどがあるじゃんね。

「幸いにもあちらは馬車で、使者殿は騎馬《きば》。なんとか途中《とちゅう》で追い抜《ぬ》くことができたそうだよ」

「まるで競走ですね」

「あ、ああ。そうだね」

「いや待ってください。……ということはなんです？　すぐにでもシェスの家を用意しないといけない、ということですよね？」

「そういうことになるね」

「……」

「だ、大丈夫だよシロウ君。シェスフェリア王女の一行は必ず領都マゼラを通る。こちらの事情を知るバシュア様が、数日は足止めしてくれるだろう。だからもう少しだけ余裕《よゆう》はあるはずだ。きっと、たぶん」

「……」

「と、というわけさ。君たちの協力に感謝する。では、僕は王女のために土地を用意しないといけないので、これで失礼させてもらうよ」

デュアンさんがひきつった顔のまま去っていく。

一時間ほどして、

「シロウ聞いてくれ！　さっきレスタード卿《きょう》が『土地を用意して欲しい』と言ってきたのだ！」

カレンさんが店に飛び込んできた。

それはもう凄《すご》い勢いで。

「レスタード卿は商人の娘などと言っていたが、土地の場所と広さからして、わたしは貴族に連なる者が住むのではないかと読んでいるのだが……ん？　聞いているのかシロウ？　シロウ？」

カレンさん相手に白を切るのは、とても胸が痛かった。

第四話　迫《せま》り来る悪《あ》しき影《かげ》　その一

デュアンさんの話では、シェスはあと五日ほどでニノリッチに到着するそうだ。

もちろん天候によっては多少は前後するだろう。

なんにせよ五日以内に土地を確保し、シェスとその供回りが住む住居を建てなければならない。

土地はすでにデュアンさんが確保済み。

一方で俺《おれ》は、住居の建設を引き受けることに。

こちらは手慣れたものだった。

いまじゃ、土魔法《まほう》のストーン・ウォール《石壁》を極《きわ》めに極めてしまったパティにお願いする。

パティはシェスとも友達。だから快く引き受けてくれた。

建設費用は全《すべ》てバシュア伯爵と王宮が負担するそうなので、内装や家具に関しても安心してチーム・ドワーフに発注することができた。

まあ、あまり日がないので怒《おこ》られたけれどね。

しかし払《はら》いの良さと、俺が日本で購入《こうにゅう》したお酒をプレゼントしたこともあり、なんとか期日までにで仕上げてくれるそうだ。

これで住居問題もほぼクリア。

あと俺に出来ることといえば、寝具《しんぐ》を揃《そろ》えるぐらいかな？

引っ越《こ》したばかりだと、なかなか寝付《ねつ》けないもんね。

せめてシェスが熟睡《じゅくすい》できるように、日本《あっち》で寝具を揃えようと、考えていたときのことだった。

「あっ、シロウ！　やっと見つけたにゃ！」

道の向こうから名を呼ばれた。

俺が振《ふ》り返るのと、声の主が駆《か》け出すのは同時だった。

「シロウ、大変なんだにゃ！」

全力疾走《しっそう》で迫るキルファさん。

オリンピック記録が霞《かす》むほどのスピード。

「ちょっ――」

キルファさんが俺を目指して一直線。

ちょっと待って、と言う間もなく、

「へぷっ」

ぶつかるようにして俺に抱《だ》き着いてきた。

こんなのほぼタックルじゃんね。

かつては学生プロレス界隈《かいわい》にその名を轟《とどろ》かせた俺だけれども、こちらの世界では爪楊枝《つまようじ》にも等しいもやしっ子。

そんな俺に、猫獣人《ケットシー》の全力タックルを受け止められるだけのパワーなどあるわけがない。

「うわっち⁉」

「ふにゃ⁉」

キルファさんを受け止めきれず、そのまま背中から地面に倒《たお》れ込む。

かろうじて受け身を取ることはできたけれど、結果としてキルファさんに馬乗り《マウントポジション》になられてしまった。

「ご、ごめんなんだにゃ」

「大丈夫ですよ」

「頭打ってないにゃ？」

「なんとか受け身は取ったので」

「ふにゃ〜ん。よかったにゃ〜」

安堵の息を漏《も》らすキルファさん。

数秒の後《のち》、自分が馬乗りになっていることに気づいたのだろう。

「あ……」

「……」

「ボ、ボク重い？」

「ぜんぜんです」

「「……」」

互《たが》いにちょっと気まずい雰囲気《ふんいき》。

そんな微妙《びみょう》な空気を払拭《ふっしょく》するべく、キルファさんの発言について訊くことに。

「さっき『大変』って言っていましたけれど、なにかあったんですか？」

「そうなの！　大変、大変にゃのシロウ‼」

キルファさんはハッとすると、俺に馬乗りになったまま、

「マゼラとの街道《かいどう》に野盗が出たんだにゃ！」

ニノリッチに災厄《さいやく》が訪れたことを告げるのだった。

◇◆◇◆◇

キルファさんの話によると、ニノリッチとマゼラを繋《つな》ぐ街道に野盗が——それも規模の大きい野盗団が出たそうだ。

しかも、襲《おそ》われたのは素材商人のゲラルドさんだという。

ゲラルドさんは妖精《ようせい》の祝福（ニノリッチ支部）が唯一《ゆいいつ》取引している素材商人で、俺とも交流がある人だ。

冒険者《ぼうけんしゃ》が狩《か》ったモンスターと、ニノリッチ周辺で手に入る価値の高い薬草やキノコを独《どく》占《せん》しているため、大層儲《もう》かっているらしい。

会う度に荷馬車の台数が増え、グレードも上がっていき、いまじゃ護衛の数も一〇人以上はいたはず。

そのゲラルドさんが野盗の襲撃《しゅうげき》に遭《あ》った。

護衛の奮戦により幸いにも死者は出ていないそうだが、それはあくまで現時点でのこと。重傷者《じゅうしょうしゃ》が多く、なかにはあと半刻ともたない者もいるとか。

キルファさんの説明を聞きながら、冒険者ギルドに向かって全力ダッシュ。

小さな町なのに、ギルドがこれだけ遠く感じたのははじめてだ。

「ゲラルドさん大丈夫ですか！」

飛び込むようにしてギルドに入る。

瞬間、血の匂《にお》いでむせ返りそうになった。

「っ……」

ギルドの中は野戦病院さながら。

負傷者たちは床《ゆか》に寝《ね》かされ、ギルドマスターの指示の下、ロルフさんをはじめとした神官たちが全力で治癒魔法《ちゆまほう》を行使。

ギルドが貯蔵しているヒールポーションも持ち出され、意識のある者は経口摂取《せっしゅ》を。

意識のない者には直《じか》にぶっかけていた。

矢傷、斬り傷、刺《さ》し傷《きず》なんかマシな方で、肘《ひじ》から先を失った者。

腹部を斬られ、腸が零《こぼ》れ出てしまっている者。

明らかな致命傷《ちめいしょう》を負い、呼吸がか細くなっている者も多数。

負傷しているのは、ほとんどが傭兵《ようへい》や冒険者。

ゲラルドさんは――――いた。

「シロウさん……」

俺に気づいたゲラルドさんが椅子《いす》から立ち上がる。

右肩《みぎかた》と右足に包帯を巻いているけれど、命に別状はなさそうだ。

「ゲラルドさん、ご無事でしたか」

「荷馬車を二台失いましたが、なんとか。ですが――」

ゲラルドさんはそこで区切ると、床に寝かされている負傷者たちに視線を移す。

「護衛がこのあり様ですぞ」

悔《くや》しそうに、そして哀《かな》しそうにうなだれるゲラルドさん。

その顔を見るに、荷馬車よりも負傷者が出たことに胸を痛めているようだ。

「積み荷は惜《お》しくありません。ですがそこにいるリックとは長い付き合いなのです。いまこちらのギルドマスターに治癒魔法とヒールポーションの使用をお願いしておりますが、命を繋ぎとめるまでには……くぅっ」

ゲラルドさんが悔し涙《なみだ》を流す。

リックさんとは、おそらく腹部から腸がはみ出ている人のことだろう。

内臓の損傷具合から、素人《しろうと》の俺でも致命傷だとわかる。

落ち込むゲラルドさんに言葉をかけてあげたいけれど、その前にやることがある。

俺はギルドの酒場をキョロキョロ。

残念ながら、この場にいて欲しかった人はいなかった。

なるほど。キルファさんが俺を捜《さが》すわけだ。

となれば——

「すみませんロルフさん。この人、俺に任せてもらえませんか？」

リックさん（たぶん）に治癒魔法を行使していたロルフさんが、顔を上げる。

「シロウ殿？　……わかりました」

俺がなにをするか察したのだろう。

ロルフさんが立ちあがり、一歩後ろに下がる。

けれども、これにゲラルドさんが驚《おどろ》いた。

「シロウさんいったい何を⁉　そちらの神官様はリックに治癒魔法をかけていたのですぞ！」

「まーまーおっちゃん。ここはシロウに任せるにゃ」

キルファさんがゲラルドさんを止める。

その間に俺は、空間収納《くうかんしゅうのう》から透明《とうめい》な液体の入ったペットボトルを取り出した。

キャップを外して、リックさんに中身をどぼどぼと。

液体をかけられ、びちゃびちゃになったリックさん。

次の瞬間——

「おおっ……。リックの傷が……」

しゅうしゅうと音を立てて、リックさんの傷が塞《ふさ》がりはじめた。

はみ出ていた腸も、ちゃんとお腹《なか》の中へ戻《もど》っていく。

「じゃんじゃんいきましょう」

俺はいまにも事切れそうな負傷者から順に、ペットボトルの中身をかけていく。

ペットボトルが空になれば、空間収納から次のを取り出し、またどぼどぼと。

そんな感じに負傷者たちをびちゃびちゃにしていくと——

「見ろ！　う、腕《うで》が生えてきたぞ！」

「失われた目が再生するだとっ!?」

腕が生えたり目が再生したり体に空いた穴が塞がったりと、損傷した肉体が僅《わず》か数秒で修復されていく。

傷が癒《い》え、負傷者たちがむくりと起き上がりはじめた。

その光景はマジ奇跡《きせき》。

これには成り行きを見守っていた冒険者たちもびっくりだ。

「傷が一瞬《いっしゅん》で……。ふむ。ただのヒールポーションではなさそうですねぇ」

「旦那《だんな》が難民の手足を生やした、って噂はガチだったんスねぇ」

「ま、まさか完全回復薬《フルポーション》だってのか!?」

「バカを言え！　フルポーションなんざエリクサーと並ぶ国宝級の霊薬《れいやく》だぞ！　一介《いっかい》の商人が所持できるブツかよ！」

「ならこれをどう説明するってんだよ！」

「あの商人、やはり名のある錬金術師《れんきんじゅつし》かもしれんな」

謎《なぞ》の液体を巡《めぐ》って、ひそひそざわざわと。

俺には未だ錬金術師《れんきんじゅつし》疑惑《ぎわく》がかかっているらしい。

「シ、シロウさん……」

ゲラルドさんの声が震《ふる》えていた。

「そのポーションはいったい……？」

「これですか？」

俺は中身が半分になったペットボトルを振ってみせる。

ゲラルドさんを筆頭に、冒険者たちも固唾《かたず》を呑《の》んで俺の答えを待っているぞ。

しかし、

「秘密です」

俺は人差し指を口に当て、しーっとする。

なぜなら、液体の正体を話すわけにはいかないからだ。

「ですがこれほどのポーションですぞ。かなり高価なものだと私でも分かりますぞ」

真剣《しんけん》な顔をしたゲラルドさん。

手に重そうな革袋《かわぶくろ》が握られているあたり、ポーションの代金を支払《しはら》う気のようだ。

「シロウさん、足りないのは理解しておりますが、いまの私には手持ちがこれしか――」

ゲラルドさんが革袋を差し出そうとする。

けれども俺は手のひらを向け、いりません、とジャスチャーサイン。

次いで、

「ゲラルドさんの損失は相当なものと予想します。ですのでその革袋の中身は、立て直しの資金として使ってください」

「シロウさん……。貴方《あなた》はなんて……貴方という人はなんて……くうぅっ」

「あはは。困ったときはお互い様《さま》ですよ」

「……はい、はい。ありがとうございます」

ゲラルドさんが左手で顔を覆《おお》い、肩《かた》を震わせる。

一部始終を見ていた冒険者たちからは、

「ウ、ウ、ウソだろっ⁉　なくなった手足が生えてくるポーションだぞ！」

「あんな高レベルのポーションをタダであげちまうってのかいっ⁉」

「信じらんねぇ……」

驚きの声が上がっていた。

おそらくは、ニノリッチに来たばかりの冒険者たちだろう。

彼《かれ》らは俺の行動を見て唖然《あぜん》としている。

ポーションはとても高価なもの。

対価も貰《もら》わず平然と使用したことに驚いているようだ。

一方で、俺と顔なじみの冒険者たち。

「なんだお前ら、旦那を知らないのか？　あの人はな、困ってる人がいたら身銭《みぜに》を切ってでも助けちまうお人なんだよ」

「「「そうそう」」」

「商人シロウと縁《えん》を結べ。それがここニノリッチで長生きする秘訣《ひけつ》だぜ」

「「「そうそう！」」」

「大将の頼みは断らない方がいいぜ。後で何倍にもなって返ってくるからな」

「「「そうそう!!」」」

こちらは全力で俺をヨイショしてくれた。

誰かが俺の名を出せば、他のみんながうんうんと同意する。

「俺が使ったポーションのことは気にしないでください。たとえどんなポーションであろうと、命には代えられませんから」

キメ顔でそんなことを言ってみれば、

「「「うおぉぉ～っ!!」」」

冒険者たちから歓声《かんせい》と拍手《はくしゅ》が沸《わ》き起こる。

万雷《ばんらい》の拍手がぱちぱちと。

控《ひか》えめに言って、とても心地《ここち》がいいじゃんね。

ペットボトルの中身。それはママゴンさんの唾液《だえき》。

まずママゴンさんからドラゴンになってもらい、唾液をバケツに溜《た》めてもらう。

バケツいっぱいになった唾液を希釈《きしやく》してペットボトルに詰《つ》めたのが、今回のコレだ。

不滅竜の体液は最上級の回復薬。

俺は万が一に備えて、常日頃《つねひごろ》からペットボトルに詰めたママゴンさんの唾液を所持していたのだ。

キルファさんが俺を捜していたのも、それを知ってのこと。

ただ、ママゴンさんの唾液をペットボトルに詰めて持ち歩くだなんて、字面《じづら》だけ見れば完全に特殊性癖《とくしゆせいへき》の持ち主だ。

けれども――

「いき……てる?」

「あ、あ、あ……腕が! 見てくれ、腕が戻ったぞ!!」

「あふうぅぅ。神よ、感謝します」

一人の死者も出すことなく完全回復したのだ。

ポーションの中身が唾液だとしても、目をつむってもらいたい。

だ゛は゛ーー
ば゛〜〜〜っ
私が作りました

第五話　迫《せま》り来る悪《あ》しき影《かげ》　その二

一人の死者も出すことなく危機を脱《だっ》することができた。

次にするべきは情報収集。

なんせ、あと五日ほどでシェスがニノリッチへやってくるのだ。

当然、マゼラと繋がる街道《かいどう》を通ることになるだろう。

となれば野盗に襲われる可能性が大。

王女が領内を通過中に野盗に襲われたとなると、バシュア伯爵《はくしゃく》の立場が危《あや》うくなることは想像に難《かた》くない。

だからこその情報収集だ。

「俺も一人の商人として、町に繋がる街道に賊《ぞく》が出たとなれば見過ごすわけにはいきません。ゲラルドさん、襲撃を受けた際の状況《じょうきょう》を詳《くわ》しく教えてもらえませんか？」

そう訊《き》いてみたところ、ゲラルドさんは「もちろんですぞ」と快諾《かいだく》してくれた。

「私たちが襲撃を受けたのは、ニノリッチを経《た》った翌日のことでしたぞ。いつもと変わらず護衛と共に馬車で——……」

ゲラルドさんは妖精の祝福からモンスターの素材や希少な植物を買い取り、領都マゼラへ向け進んでいたそうだ。

しかしニノリッチを出発した翌日の夕方、野盗団の襲撃を受けた。

ゲラルドさんの護衛は一六人。全員が経験豊富な傭兵と冒険者だ。

対して野盗団は五〇人ほど。

ありがちな『積み荷をよこせば命だけは助けてやる』的な警告は一切《いっさい》なく、有無《うむ》を言わせず攻撃《こうげき》してきたらしい。

当然、護衛たちも必死に応戦する。

けれども一人二人と倒れていき、三台あった荷馬車も二台が奪《うば》われた。

そこでゲラルドさんは決断する。

残った荷馬車の積み荷を放棄《ほうき》し、代わりに負傷者を乗せニノリッチへと走らせたのだ。

肉体強化の支援魔法《しえんまほう》を馬車馬にかけ続け、全力で走らせる。

幸いにも積み荷を全て手に入れた野盗団は追って来ようとはせず、なんとかニノリッチに辿《たど》り着くことができた。

あとは先ほどギルドで見た通りだ。

万が一に備えてゲラルドさんがヒールポーションを所持していなかったら、何人かは命を落としていただろう、とのことだった。

「――というわけですぞ」

ゲラルドさんが語り終えると、

「「「……」」」

この場にいる全員が難しい顔をして黙《だま》り込《こ》んでいた。

商人だけではなく、冒険者にとっても野盗の存在は無視できないものなのだろう。

「ゲラルドさん、貴重な情報感謝します」

俺はゲラルドさんに礼を言う。

「やめてください。シロウさんに救われたのは私たちなのですぞ？　シロウさんには感謝してもしきれませんぞ！」

「そんなことないですよ。ゲラルドさんが持ち帰った情報で命を救われることになった人は多いでしょうからね」

「……？」

怪訝《けげん》な顔をするゲラルドさんを尻目《しりめ》に、俺はキルファさんを手招き。

「え、ボク？」

「はい。キルファさんです」

自分の顔を指さすキルファさんに再び手招き。

キルファさんはぴょーんと跳《と》んで、俺の隣《となり》に着地する。

「なーにシロウ？」

「キルファさん、町から出ようとしている商人や旅人を止めてください。というかむしろ封鎖《ふうさ》してください。カレンさんには後で俺から言っておくので」

「わかったにゃ！」

俺の頼みを聞き、合点《がってん》承知とばかりにキルファさんが駆けていく。

その後ろ姿を見届けてから、今度はロルフさんに顔を向ける。

「ロルフさん、ニノリッチに駐在《ちゅうざい》している騎士《きし》のデュアンさんを呼んできてもらえませんか？　町の見回りに出ているか、もしくは役場にいるはずです」

「承知しました」

ロルフさんが頷《うなず》き、キルファさんの後を追うようにしてギルドから出ていく。

次はギルドマスターのネイさんだ。

「町にいる商人とも情報を共有したいので、ギルドの一角をお借りしてもいいですか？」

「もちろんですわ。お好きに使ってくださいな」

「ありがとうございます。というわけで――」

俺は最後に、冒険者たちを見回す。

「申し訳ありませんが、手の空《あ》いてる方は町にいる商人に声をかけ、ここに集まるよう伝えてもらえますか?」

この頼みに対し、冒険者たちは胸を叩《たた》く。

「オイラに任せとけ!」

「旦那の頼みじゃ断れねぇな」

「ここで動かぬは知者の恥《はじ》。いいでしょう」

そう快諾してくれたのは、以前から妖精の祝福(ニノリッチ支部)に所属している冒険者たち。

見知った顔もちらほらと。

最近ニノリッチにやってきた冒険者たちも、先ほどのやり取りを見ていたからか、

「これ、あーしらも行った方がいいよね?」

「あの商人に借りを作れるチャンスなんだ。なら行くの一択《たく》だろ!」

「だよね。おっしゃ!」

こちらも快諾し、ギルドから駆け出していった。

ありがたい限りである。

◇◆◇◆◇

冒険者たちが声をかけてくれたおかげで、続々と商人がギルドに集まってきた。

酒場の隅《すみ》には、呼びかけに応じてくれたデュアンさんの姿もある。

「みなさん、よく集まってくださいました」

十分に集まったところで、用意しておいた木箱の上に立って声を発する。

すぐに商人たちの視線が俺へと集まった。

「まずは自己紹介《しょうかい》させてください。ぼくはこの町で商会を営んでいる士郎《しろう》・尼田《あまた》といいます」

集まったほとんどの商人とは顔見知りだけれど、念のため名乗っておく。

「こうして集まってもらったのは、ぼくたち商人の天敵が――野盗が、マゼラと繋がる街道に出たからです」

ゲラルドさんから聞いた話を商人たちにも伝え、情報を共有。

事前に野盗のことは聞いていたのだろうけれど、やはり動揺《どうよう》が広がった。

「マゼラまでの街道に野盗だと？　護衛を雇《やと》う余裕などないぞ」

「高い税を取るくせにバシュア伯爵はなにをしておるのだ！」

「こうなってはキャラバンを組むしかないねぇ。護衛を雇う費用は等分といこうじゃないか」

「しかしゲラルドの護衛を打ち破るとは驚きですなぁ。これは護衛にかなりの人数が必要ですよ」

不満が半分、対策を練る声が半分。

商人たちがどうしたものかとざわついている時だった。


——バタンッ！


突然《とつぜん》、ギルドの扉《とびら》が開かれた。

多くの者たちが何事かと振り返ると、

「た、た、助けてくれぇ～～～!!」

全裸《ぜんら》のおじさんが転がるようにしてギルドに駆け込んできた。

瞬間《しゅんかん》、女性冒険者たちから悲鳴があがる。

「ひぃ、ひぃ、野盗が――街道に野盗が出たぞ‼」

全裸おじさんが半泣きで叫《さけ》ぶ。

見れば顔には殴《なぐ》られた痕《あと》があり、体のあちこちにも打撲《だぼく》のような痣《あざ》が。

本人が語るように追い剥《は》ぎに遭ったのだろう。

思わず目を覆いたくなる出で立ちだが、その顔には見覚えがあった。

確か、俺から塩やら胡椒《こしょう》やらを購入した行商人だ。

「大丈夫《だいじょうぶ》ですか？」

全裸おじさんの側へ移動。

「貴方は……シロウ殿」

「ご無事でなによりです。ですがまずはコレを」

俺はジャケットを脱《ぬ》ぎ、全裸おじさんの肩にそっとかけてあげる。

彼の尊厳を守るためでもあるし、女性冒険者もいる手前、このままではいろんな意味でいけないと思ったからだ。

「シロウ殿……うぅ……ふぐぅ……あふぅぅ」

全裸おじさんが泣き出してしまった。

羞恥心《しゅうちしん》からか、はたまた安堵《あんど》からか、もしくはその両方か。

「大丈夫ですよ。もう大丈夫です」

嗚咽《おえつ》を漏らすおじさんの背中を優《やさ》しくさする。

まさか人生で、全裸のおじさんにジャケットをかけてあげる日がくるとは思いもしなかった。

そして涙するおじさんの背中をさする日がくるなんて、もっと思わなかった。

「ひぐぅぅ……ふぐぅぅぅ……」

おじさんが泣き止《や》むまで、しばし時を必要とするのだった。

◇◆◇◆◇

全裸おじさんは、やはり俺が取引した行商人だった。

彼は二日前にニノリッチを発《た》ち、城塞《じょうさい》都市グフカに向かう途中《とちゅう》で野盗に襲われたそうだ。

ただゲラルドさんのときとは違《ちが》い、おじさんを襲った野盗は身ぐるみを限界まで剝《は》ぐだけで命までは取らなかった。

下着まで剝ぎ取るあたり、かなりタチの悪い野盗と言わざるを得ない。

けれども所持品と尊厳を引き換《か》えに、命だけは失わずに済んだのだ。

不幸中の幸いと言えるだろう。

「こりゃあ、別の野盗団だろうな」

とは、ライヤーさんの言葉。

この意見に、隣でネスカさんもこくこくと頷いている。

キルファさん同様、二人も俺を捜していたらしい。

俺が見つかったと聞き、こうしてギルドに戻ってきた次第《しだい》だ。

「別の、ですか？」

「そうだ」

俺の問いにライヤーさんが頷く。

「やり口が違うし、そもそも街道も違う。十中八九、別の野盗共だろうぜ」

ライヤーさんの話によると、一口に野盗と言ってもそれぞれ個性があるそうだ。

積み荷だけ奪う野盗もいれば、殺してから奪う野盗もいる。

前者がプロ意識の高い野盗なのに対し、後者の手段を取るのは追い詰められた敗残兵や考えなしの傭兵崩《ようへいくず》れなどに多いのだとか。

ゲラルドさんと全裸おじさん。

手口の違いから別の野盗団だろう、と推測したわけだ。

「ふーむ。めんどいことになったな」

ニノリッチと都市を繋ぐ主要な街道が、野盗の狩《か》り場《ば》となっている。

一度冷静になって考えてみれば、当然なのかもしれない。

今まで周辺の街道に野盗の類《たぐい》が出なかったのは、ニノリッチが辺境の町だったからだ。

しかし、いまは状況が変わりつつある。

俺が日本から持ち込んだアイテムに、遺跡《いせき》からザクザク出てくる古代魔法文明時代の財宝。

それらを買い付けるため、ニノリッチには王国内だけではなく近隣《きんりん》諸国からも商人が訪《おとず》れるようになっていた。

カネの匂いがするところに人は集まってくるもの。

そしてそこには、野盗などのならず者も含《ふく》まれているのだ。

ファンタジーの暗黒面を垣間見《かいまみ》た気がした。

「積み荷だけではなく……所持金も、馬車も、衣服も、それにロバのチーちゃんまでも奪われてしまいました」

そう悔しそうに語ってみせるのは、全裸おじさんからジャケットおじさんに進化した行商人。

特に『ロバのチーちゃん』の件で今日一の感情が籠《こも》っていたあたり、なによりも大切にしていたのだろう。

わかるよ。モフモフはかけがえのない友達だもんね。

人からモフモフを奪うなんて、なんて酷《ひど》い奴《やつ》らなんだ。

ジャケットおじさんの言葉は続く。

「どなたでも構いません。どうか私めに金貨を一枚貸してくれませんか？　私の帰りを待つ妻と、生まれて間もない子のために何も持たずに帰るわけにはいかないのです！」

ジャケットおじさんの、切実なお願い。

けれども、

「「「……」」」

他の商人は口を閉ざすだけ。

この場にいるのは、それなのに裕福《ゆうふく》な商人ばかり。

しかし同じ商人とはいえ、見ず知らずのジャケットおじさんにカネは貸せないと、そう顔に書いてあった。

「お願いです……お願いです……」

ジャケットおじさんが懇願《こんがん》するも、やはり誰《だれ》も手を差し伸《の》べない。

野盗との遭遇《そうぐう》までも計算に入れて商売をするのが当たり前だと、以前誰かが言っていたっけ。

つまりは事前準備を怠《おこた》ったジャケットおじさんが悪いと、リスクの計算もできないお前にカネなんか貸せないと、商人たちはそう考えているのだろう。

「どうか……どうか……」

ついにはジャケットおじさんが膝《ひざ》から崩《くず》れ落ちてしまった。

四肢《しし》を床につけ、涙を流している。

そんなジャケットおじさんの肩に、俺《おれ》はぽんと手を置く。

「どうか顔を上げてください」

「シロウ殿……」

ジャケットおじさんが顔を上げ、俺を見る。

「お願いですシロウ殿。どうか私に金貨一枚——いえ、銀貨八〇枚で構いません！　貸してはもらえないでしょうか？　このバッジオ、必ずや再起し利息をつけてお返しします！」

流れからジャケットおじさんの名前をゲットである。

「まずは落ち着いてくだ——」

「シロウ殿、どうか私めにお慈悲《じひ》を。もしこの窮地《きゅうち》をお救いくださいましたら私の全《すべ》てをシロウ殿に捧《ささ》げます！　どのような扱《あつか》いでも喜んで受けることを神々に誓《ちか》います‼」

俺の言葉に自らの言葉をかぶせるバッジオさん。

鬼気迫《ききせま》るバッジオさん。

言葉にも必死の決意が込められている。

けれども『私の全てを捧げる』とか『どのような扱いでも喜んで受ける』なんて、素で勘弁願《かんべん》いたい。

「まーまー、いいから一度落ち着きましょうバッジオさん」

「は、はい」

「先日バッジオさんと取引した商品は確か……」

俺はポケットに入れておいたスマホをタップし、保存していたファイルを開く。

ファイルにはバッジオさんの顔写真と共に、取引した商品名と個数、それに取引額が記《き》載《さい》されている。

「胡椒が三袋《ふくろ》。小麦粉が一〇袋。それと砂糖が三袋でしたね」

「そうです。特に砂糖はとても質が良く、多くの利益が見込《みこ》めるはずでした……」

バッジオさんがうなだれる。

小麦粉がキロ四〇〇円。胡椒がキロ二八〇〇円。砂糖がキロ二五〇〇円。

一袋が一キロだから、バッジオさんの失った積み荷は総額一三一五〇円。

限界まで身ぐるみを剥がされているから損失額はもっとだろうけれど、ひとまず俺と取引した商品の損失はそんな感じだ。

たったの一三一五〇円。

商品を高値で売りつけた俺が言うセリフではないけれど、一人のおじさんが人生を失う金額としてはあまりにも少額だ。

「わかりましたバッジオさん。ロバのチーちゃんはどうにもなりませんが、それ以外の——ぼくと取引した商品に限り、同等の品を用意させてもらいます」

「……え？」

俺の言葉を聞き、バッジオさんはぽかん。

「し、しかしシロウ殿。私にはもう資金が——」

「今回の件、ぼくにも責任の一端《いったん》があると考えています。商人の往来が増えているのですから野盗の存在を考慮《こうりょ》するべきでした」

そこで一度区切り、周囲の反応を窺《うかが》う。

他の商人も冒険者も黙って俺の言葉を聞いていた。

「そして野盗の存在を考慮していたのならば、取引相手であるバッジオさんにも注意を促《うなが》すことができたはずです」

「シロウ殿……」

「ですからこの補填《ほてん》は、言うなればぼく自身への戒《いまし》めでもあります。ご家族のため、バッジオさんの未来のため、そしてぼく自身の教訓のためにも受け取っていただけたらと」

バッジオさんの頬《ほお》を、先ほどとは違う涙が伝う。

「ありがとうございます。ありがとうございますシロウ殿」

ひとまずバッジオさんの問題はこれで解決。

けれども、俺とバッジオさんの会話を聞いていた商人たちはヒソヒソと。

「砂糖と胡椒。話が本当なら金貨二枚の価値はあるぞ」

「知らないのか？　あの商人の扱う粉物は全て上質。金貨四枚は下るまい」

「失敗した行商人に温情をかけるなど、シロウ様もずいぶんと青い」

「豪商《ごうしょう》には大した金額ではないということか」

「オイラも野盗に襲《おそ》われたら補填してもらえるのかな？」

などなど。

やはり俺の行動は商人としては異常だったのだろう。

でもこの反応は想定内。

ピンチをチャンスに。危機から利益を。

俺にとってはここからが本番だ。

「さて、みなさんにぼくから提案があります」

俺は再び木箱の上へ。

バッジオさんの件も相まって、みな続く言葉を待っている。

「ぼくたち商人にとって野盗は商売敵《しょうばいがたき》です。一度遭遇《そうぐう》してしまえば、いままでの人生で積み上げてきた全てを——早い話がおカネを奪われてしまいます」

指で輪っかを作り、続ける。

「そ、こ、で。ぼくは積み荷に対し補償《ほしょう》を行う『損害保険』をはじめようと思います」

聞き慣れない言葉だったようだ。

損害保険と聞き、商人たちが首を傾《かし》げている。

「アマタ様、『損害保険』とはなんでしょうか?」

商人の一人が質問してきた。

先ほどネスカさんに訊いてみたところ、こちらの世界にはいわゆる『保険業』というものが存在していないそうだ。

かろうじて海を渡《わた》る商船で、似たようなシステムが存在している程度。

それですら商船が海難事故に遭《あ》った場合は出資者がリスクを負い、航海が成功した場合は利息を得られる、というざっくりしたものだった。

「損害保険とは、不慮《ふりよ》の事故、あるいは今回の野盗騒動《そうどう》のように、予期せぬリスクによって生じた損害をカバーするための制度です」

俺はそう切り出すと、商人たちに損害保険についての説明をはじめた。

「ここニノリッチから、領都マゼラ。あるいはニノリッチから城塞都市グフカ。もしくは北西にあるドムトロの町。みなさんが通る交易路はこの三本のどれかと思われます」

一度区切り、反応を窺う。

否定の声が上がらないので、間《ま》違《ちが》ってはいないようだ。

「ぼくが直接取引をしている方、かつ保険料として一定の額を支払っていただいた方に限り、いま挙げた二つの都市と一つの町。その道中で野盗に襲われた場合、積み荷はぼくの方で補填いたします」

「「「おお～」」」

商人たちから、驚きとも感嘆《かんたん》とも取れる声があがる。

そんな中、さっきとは別の商人が手を挙げた。

「すまぬが三つほど質問をよろしいか？」

「どうぞ」

「アマタ殿は『補填』とおっしゃいましたが、それはそちらの行商人と同じように同等の品、という意味で受け取ってよろしいか？」

「補填はどちらでも構いませんよ。金銭でも、現物でも」

俺の言葉に、再び商人たちから「おお～」と。

「では二つ目になるが、『一定の額』とはいかほどで？」

「危機に乗じているようで心苦しいのですが、取引額の金貨一枚につき銀貨五枚と考えています。ただ、こちらの金額は野盗の危険性が排除《はいじょ》された場合、銀貨二枚にまで下げさせてもらいます」

「ふむ。我々がアマタ殿に支払う額に五分《ごぶ》上乗せするわけですな。端数《はすう》はどのような扱いに？」

「端数は切り捨てて結構です」

またまた商人たちから驚《おどろ》きの声が。

「最後の質問は、もし『野盗に襲われた』と虚偽《きょぎ》の報告をする者が出た場合、どのように対処なさるおつもりか？」

「被害《ひがい》に遭われた方と同じように補填します」

「……ほう？」

「ただし、ウソだとわかった瞬間、ぼくはその方との取引は二度としませんけれどね」

「……なるほど。目先の利益のみを得るか、アマタ殿との信頼《しんらい》を築き長く利益を得るか、というわけですな」

「ええ。ぼくは自分が扱っている商品に絶対の自信がありますので。どちらを選ぶかは自由ですけれどもね」

俺は自信たっぷりな表情を作る。時にはハッタリも大事なのだ。

そんな俺を見て、質問してきた商人がにやりと笑う。

「ふふふ。強気ですな。だがアマタ殿の言う通り、よほどの間抜《まぬ》けでもない限りアマタ殿の信頼には金剛石《こんごうせき》に勝る価値があると気づいているでしょうな」

「そう願うばかりです」

商人との質疑応答が終わったタイミングでのこと。

「シロウ君、僕《ぼく》からもいいだろうか？」

商人とのやりとりを聞いていたデュアンさんが、ハイと手を挙げた。

「どうぞどうぞ」

「ありがとう」

デュアンさんはにこりと笑うと、商人たちに向き直る。

「はじめまして商人の方々。僕はバシュア伯爵に仕える騎士、デュアン・レスタードと申します」

騎士と聞き、商人たちに驚きが広がる。

デュアンさんがイケメンすぎて、流しの吟遊《ぎんゆう》詩人だとでも思っていたのかも。

「先ほどのやり取りだけれど、もしシロウ君に虚偽の報告をし、証拠《しょうこ》が見つかったときは、この僕がその者を必ずや縛《ばく》し、牢《ろう》へと連れて行くことを騎士の誇《ほこ》りにかけて誓おう」

わざわざ騎士と名乗ったのは、警告だったのだろう。

テメエら嘘《うそ》ついたら牢屋《ろうや》行きだぞ、と。

絶対に見つけてやるからな、と。

暗にそう言っているのだ。

デュアンさんってば、イケメンすぎじゃんね。

「他に質問のある方はいませんか？　…………いないようですね。では――」

俺はスマホを取り出し、保存していた取引記録のファイルを開く。

「みなさんとの取引記録は全て残っていますので、損害保険への加入を希望される方はぼくのところに来てください」

保険料と野盗の襲撃《しゅうげき》を天秤《てんびん》にかけた結果、この場にいる全ての商人が加入を望んだ。

◇◆◇◆◇

三〇センチ四方の木箱に、銀貨がじゃらじゃらと。

行商人から大きな商会を持つ豪商までこの場にいたものだから、銀貨の数も軽く四〇〇枚を超《こ》えている。

日本円にして四〇〇万円以上だ。

木箱いっぱいの銀貨を見て、うまいことやりやがって、みたいな顔をしている人もちらほらと見受けられる。

リスクを嫌《きら》う人たちからおカネを集める、という一点においては、確かに保険業は優《すぐ》れているかもしれない。

けれどもリスクの方が大きければ、際限なく損が出てしまうのも保険業だ。

だからこそ、この後が重要になる。

「さて」

俺は銀貨が詰まった木箱を持って、ネイさんの前へ。

「ネイさん、依頼《いらい》を出したいのですがいいでしょうか？」

「伺いましょう」

きっとネイさんは、俺が何を言い出すか察しているのだろう。

「ニノリッチから延びる主要な街道上に潜《ひそ》む、野盗の拠点《きょてん》を見つけてもらえませんか？　報酬《ほうしゅう》は――」

木箱をネイさんに渡し、続ける。

「コレで」

集まったばかりの保険金。

その全額をネイさんに渡したことで、周囲がざわざわと。

「あの商人は己《おのれ》の利益ではなく、他者のためにカネを使うのか⁉」

「野盗を利用してカネ儲《もう》けしてると疑っちまったよ……」

「なんという聖人か。我《わ》が神にも布施《ふせ》をいただきたいものだ」

反応は上々。しかも好意的なものばかり。

集めたばかりの保険金を、まさか町のため、街道の安全のために使うとは思っていなかったようだ。

いくらおカネがあっても、信頼や信用は買うことができない。

けれども俺は、この場にいる商人や冒険者《ぼうけんしゃ》から絶大な信頼を得ることに成功したようだった。

「足りなければ言ってください。いくらでも上乗せしますので。他にも拠点発見に役立つと思われるアイテムを提供する準備があります。いかがでしょう?」

「お受けしますわ。ですがシロウさん、」

「はい?」

「依頼内容は『拠点の発見』でよろしいのですか? 野盗の討伐《とうばつ》、もしくは捕縛《ほばく》ではなく?」

「ええ。拠点を見つけていただければ、あとは仲間に頼《たの》んで捕《つか》まえてもらいますので」

「仲間?」

「はい。仲間、です」

そう言ってにっこり笑うと、

「あんちゃんが言う仲間って……もしかしておれらのことか?」

ライヤーさんが驚きと共に声を上げる。

隣のネスカさんも焦《あせ》り顔。

キルファさんも口をあんぐりと。

ロルフさんに至っては事前に言って欲《ほ》しかったと言わんばかりに、ちょっと悲しそうな顔をしていた。

やばい。誤解させちゃったみたいだ。

「違います。ライヤーさんたちの——蒼《あお》い閃光《せんこう》のことではありません！」

「じゃあ俺たちか⁉」

こんどはゼファーさんだった。

ナシューの遺跡で最下層まで辿り着いた金等級の冒険者パーティ、白狼《はくろう》の牙《きば》。

そのリーダーであるゼファーさんが自分を指さし、驚きの眼差《まなざ》しで俺を見ている。

「白狼の牙でもありません！」

どちらも全力で否定。

「では、誰のことですの？」

ネイさんが訊いてくる。

他の冒険者も興味津々《きょうみしんしん》といった顔。

「それは…」

にやりと笑い、続ける。

「ぼくへのツケで、好き勝手に飲み食いしている二人に捕まえてもらおうと思いまして」

俺の言葉に、みんな首を傾げるのだった。

幕間《まくあい》

「見つけたにゃ」

月が厚い雲に隠《かく》れた暗い夜。

キルファは森の中で、遂《つい》に目的の場所を発見した。

「ふにゃあ～、いっぱいいるにゃん」

キルファが覗《のぞ》く、暗視ゴーグルの先。

そこに武装した集団がたむろしているのが見える。

野盗が拠点としていたのは、キルファの予想通り廃墟《はいきょ》となった村だった。

「ん～……」

暗視ゴーグルを動かし、周辺を探《さぐ》る。

一〇、二〇、三〇……。

「大したもんだにゃ」

確認《かくにん》できただけで一〇〇人を超えている。

護衛を有していたゲラルドが襲われたのも、これでは仕方がないだろう。
これほどの規模を持つ野盗団は、滅多《めった》に現れないのだから。
「……」
キルファは地面に伏《ふ》したまま、暗視ゴーグルを覗き込《こ》む。
野盗の拠点となっている廃村《はいそん》までは、二〇〇歩といったところか。
二〇〇歩だ。二〇〇歩。
夜盗《やとう》たちの拠点は、キルファが身を潜めている森からずっと先にあるのに、
「凄《すご》いにゃ。シロウが貸してくれたコレで見ると手が届きそうだにゃ」
暗視ゴーグルで覗けば、目の前にいるかのようだった。
キルファは猫獣人《ケットシー》。
ドワーフやエルフほどではないにしろ、夜目は利《き》く方だ。
けれども、この『あんしごーぐる』なるマジックアイテムはどうだ？
月のない暗い夜なのに、離《はな》れた場所にいるはずなのに、一人ひとりの顔までハッキリと
確認することができるではないか。
暗視ゴーグルを覗き込みながら、キルファは思う。

――コレ、絶対やばいマジックアイテムにゃ。

士郎《しろう》は「あとで返してくださいね」と言っていた。

当然だ。

こんなマジックアイテムが世に出たら、きっと大変なことになる。

なんせ夜目の利かない種族でも、暗闇《くらやみ》を見通すことができるのだ。

狩人《かりゅうど》。偵察兵《ていさつへい》。暗殺者。

欲しがる者は多いだろう。

これを一つ売るだけで、一生遊べる大金を手にすることだって出来るかもしれない。

しかもこの時のキルファは、もっともっとヤバイと思われるマジックアイテムまで所持していたのだ。

「ここをこうして……こうにゃ」

士郎に教わった手順を正しく踏《ふ》み、手に持ったマジックアイテムを起動する。

「あー、あー。聞こえるにゃ？　こちらキルファ。こちらキルファ。野盗のアジトを見つけたにゃ」

士郎から渡されたもう一つのマジックアイテム、『とらんしーばー』に向かって語りかける。

こんな小さいハコに話しかけるなんて、ちょっと恥《は》ずかしい。

けれども返事はすぐにあった。

『こちらママゴン。猫獣人よ、標的の場所を示しなさい』

「わかったにゃ。いまから教えるにゃ」

キルファは背負い袋を空け、『ろけっとはなび』を取り出す。

マッチで導火線に火を点《つ》ける。

目標は野盗の拠点。その上空だ。


――ぴゅ～～～～……………パンッ。


練習の成果が出た。『ろけっとはなび』が廃村近くの上空で弾《はじ》ける。

すぐに暗視ゴーグルで覗けば、音に気づいた野盗たちが何事かと空を見上げていた。

けれども音に気づいたのは、野盗たちだけではなかった。

「お、おい！　アレを見ろ!!」

野盗の一人が焦りの声を上げる。

あまりにも大きな声だったので、その声はキルファの下にまで届いた。

野盗たちが見上げる上空。

そこには――

『主《あるじ》様の命により、お前たちを捕《と》らえます』

「くくく。シロウの頼みでな。貴様たちを狩《か》らせてもらうぞ」

美しい白竜《ドラゴン》と、背から黒い翼《つばさ》を生やした魔人《まじん》の姿があった。

「ド、ドラゴンだ！　ドラゴンが出たぞ!!」

「にげっ――逃《に》げろ!!」

「あっちは……まさか魔族か？　なぜ魔族がドラゴンと――」

「そんなのはどうでもいい！　逃げるぞっ!!」

野盗たちは恐慌《きょうこう》状態へと陥《おちい》った。

ドラゴンと、高位魔族と呼ばれる魔人。

覆《くつがえ》りようのない絶望が頭上に現れたからだ。

『悪《あ》しき者よ、裁きを受けなさい』

「足掻《あが》いてみせろ。強さを示せ」

一匹《ぴき》のドラゴンと一人の魔人が急降下。

野盗たちへと襲い掛《か》かる。

「ボッコボコなんだにゃ」

暗視ゴーグル越《ご》しにキルファの目に映ったのは、一方的な蹂躙《じゅうりん》だった。

『一人も逃がしませんよ』

「殺しはしない。だからと言って生かしもしないがな」

ドラゴンのブレスで野盗たちが吹《ふ》っ飛ぶ。

魔人の拳《こぶし》を受けた野盗たちが地面に積み重なっていく。

一方的な——一方的すぎる蹂躙は、一〇〇と数えぬうちに終わった。

『こちらセレス。獲物《えもの》は仕留めた。次の獲物をよこせ』

魔人セレスからの報告と標的の催促《さいそく》が、『とらんしーばー』から流れてくる。

野盗の拠点を潰《つぶ》したのは、これで四つ目。

たったの二晩で四つの野盗団を潰したのだ。

常識では考えられない早さで掃討《そうとう》が進んでいるのは、いま持っている『とらんしーばー』の力によるところが大きい。

キルファは思う。

——コッチも、ちょーやばいマジックアイテムなんだにゃ。

離れた場所にいる相手と、魔法《まほう》を使うことなく会話ができる。

この『とらんしーばー』は、上手《うま》く使えば戦争のあり方すら変えてしまうかもしれない代物《しろもの》だ。

ヤバすぎるマジックアイテムが、いまキルファの手元に二つもある。

——絶対、絶対の絶対にシロウに返すにゃ。

キルファはそう決意し、次の哀《あわ》れな獲物を捜《さが》しはじめる。

士郎の用意したマジックアイテムと、妖精《ようせい》の祝福から選抜《せんばつ》された斥候《せっこう》たち。

そしてママゴンとセレスの活躍《かつやく》により、野盗の掃討はたったの三日で終わった。

第六話　迫《せま》り来る悪《あ》しき影《かげ》　その三

妖精の祝福《冒険者ギルド》に依頼して四日。

キルファさんたち斥候チームと、セレスさん&ママゴンさんのタッグチームの活躍により、各地に潜伏《せんぷく》していた野盗は全員捕縛された。

城塞《じょうさい》都市グフカと北西の町ドムトロに繋《つな》がる街道には、少数から成る複数の野盗団が潜伏していて、全ての拠点を探すのに手間取ったそうだ。

対して、領都マゼラと繋がる街道を狩り場としていた野盗団は大所帯だったらしい。

そして大所帯が故に縄張《なわば》り意識が強かったのだろう。

街道には他の野盗がおらず、拠点となっていた廃村を一つ潰すだけで問題を排除することができた。

三本の街道で捕縛した野盗の数は、全部で一八九人。

よくもまあ、こんなにもならず者が集まったものである。

彼《かれ》らは、デュアンさんが呼び寄せた騎士団《きしだん》に移送されていった。

領都マゼラに到着次第《とうちゃくしだい》、裁判を受けることになるそうだ。

デュアンさんが言うには、犯罪奴隷《どれい》として鉱山に送られることになるだろう、とのこと。

鉱山送りは最も厳しい処罰《しょばつ》の一つで、捕縛劇の噂《うわさ》が広まれば、次の野盗を生む抑止力《よくしりょく》になるとかならないとか。

罪を償《つぐな》う意味でも、がんばって穴を掘《ほ》ってもらいたいものだ。

あと、野盗への対処が早かったからだろう。

奪《うば》われた積み荷は、ほとんどが手つかずのまま残されていた。

ゲラルドさんをはじめ、追い剥《は》ぎに遭った商人や旅人たちにとってこれは嬉《うれ》しい誤算だった。

あとは、ロバのチーちゃん。

なんとチーちゃんに怪我《けが》はなく、こちらも無事に戻《もど》ってきた。

全裸《ぜんら》になるまで追い剥ぎに遭ったバッジオさんは、愛ロバのチーちゃんとの再会に声をあげて泣いていた。

これには俺も貰《もら》い泣き。

俺にとっては、ただ待つだけの四日間だったけれど、なんとかすべての野盗を捕まえることができた。

おまけに今回の一件で損害保険の継続《けいぞく》を望む声が多く、今後は収益化できそうだった。

「シロウお兄ちゃん、悪いひとたちをつかまえられてよかったね」

野盗が出たと聞き、ずっと不安そうにしていたアイナちゃん。

全員捕まえたと知って、やっと安心できたようだった。

「これでシェスちゃんがきてもだいじょーぶだね」

心底安堵《あんど》した顔で、嬉しそうに微笑《ほほえ》むアイナちゃん。

アイナちゃんは、シェスが野盗に襲われたらどうしよう、と心配していた。

シェスの安全と、アイナちゃんの笑顔《えがお》。

何物にも代えがたいこの二つを守れたのだ。

斥候チームに提供した、暗視ゴーグルとトランシーバーの合計三桁《けた》万円も惜《お》しくはない。

惜しくないったら惜しくない。

「シェスちゃん、はやくこないかなぁ」

店内を掃除《そうじ》中のアイナちゃんが呟《つぶや》く。

「そうだね。早く会いたいね」

「うん！」

アイナちゃんは頷《うなず》くと、お掃除を再開。

その小さな背中は、親友との再会にそわそわしていた。

第七話　王女、襲来《しゅうらい》

野盗の捕縛と、住居の建設。

全ての準備が整った翌日のことだった。

道の向こうから豪華《ごうか》な馬車が十台ほど、こちらに向《ニノリッチ》かってくるのが見えた。

馬車を先導しているのが白馬に乗ったデュアンさんだから、間違いなくシェスを乗せた一団と思われる。

身分を隠すとはいえ、相手は王女さま。

騎士《きし》であるデュアンさんが、お迎《むか》えに参上しないわけにはいかなかったのだろう。

「シロウお兄ちゃん、あれシェスちゃんの馬車かな?」

馬車を指さしたアイナちゃんが訊《き》いてくる。

「うん。たぶんそうだよ」

「そっか。やっと会えるね、シェスちゃん」

アイナちゃんは親友との再会を待ちわびていた。

もちろん、俺《おれ》も約二ヶ月ぶりの再会にワクワクしている。
シェスも再会を楽しみにしてくれているといいな。
馬車の一団が町へと入ってきた。
町の入口に立つ俺とアイナちゃんの前を、馬車が一台二台と通り過ぎていく。
「よし、止まれ」
先頭を行くデュアンさんのかけ声を合図に、馬車が停車する。
ひときわ豪華な造りの馬車が、ちょうど俺たちの前で止まった。
馬車の扉《とびら》が開かれ、一人の少女が降りてくる。
王都で出会ったときと同じ青い服に、俺とアイナちゃんが贈《おく》った青い帽子《ぼうし》。
現れたのは――
「ひさしぶりね、アイナ!」
やっぱりシェスだった。
「シェスちゃん……シェスちゃん!」
我慢《がまん》できなかったのだろう。
アイナちゃんがシェスに抱《だ》きついた。
待ち続けた親友との再会。シェスもアイナちゃんを抱きしめている。

「シェスちゃん、やっとあえたね」

「ホントよ。アイナにあえるのたのしみにしてたんだから」

「えへへ。アイナも」

少女たちが再度ギューッと。

二人の体が離れたタイミングを見計らい、俺も声をかけることに。

「シェス、ひさしぶりだね」

「アマタ――」

シェスは一瞬《いっしゅん》、俺を見て笑みを浮《う》かべかけるも、

「ふ、ふんっ」

なぜかぷいっとそっぽを向いてしまった。

「あれ、どうしたのシェス?」

「ふんだっ」

シェスがまたぷいっと。

再会に照れている、というわけではなさそうだ。

どちらかというと、俺を避《さ》けているように感じるぞ。

幼少期にありがちな反抗期《はんこうき》というヤツだろうか?

「おーい、シェスー。シェスちゃーん。ちゃんシェスー。どーして俺のこと避けてるのかなー？」

「ふんっ」

会話どころか目も合わせてくれない。

気づかぬ内に地雷《じらい》でも踏んでしまったのだろうか？

それともこれも豪商《ごうしょう》の娘《むすめ》設定の一部――いわゆるロールプレイの一環《いっかん》なのだろうか？

シェスの態度に戸惑《とまど》ったのは、なにも俺だけではなかった。

馬から降り、こちらにやってきたデュアンさん。

まず俺を見て、シェスを見て、また俺を見て、耳元でヒソヒソと。

「シロウ君、君は彼女《かのじょ》と仲が良いと聞いていたのだけれど……違《ちが》うのかい？」

「いや、俺も仲が良いと思っていたんですけれどね。どうやら片想《かたおも》いだったようです」

「片想い、か。その気持ち、僕には痛いほど分かるよ」

デュアンさんがうんうんと頷く。おまけに俺の肩《かた》をぽんぽんと。

いや、デュアンの想《おも》いと重ねられても困るんですけれどね。

「シェスちゃん？」

そっぽを向くシェスに、アイナちゃんも戸惑い顔。

とはいえ、このままではよろしくない。

俺は意を決し、もう一度声をかけようとして、

「シェ――」

「アマタ、ひ……お嬢《じょう》さまに近づかないでもらおうか」

馬車から降り立った女性に制止される。

「あ、ルーザお姉ちゃん」

声の主はルーザさん。

胸元《むなもと》にフリルがついたシャツを身につけ、グレイのパンツに臑《すね》まで覆《おお》う編み上げブーツ。

王宮で会ったときとは違い、だいぶラフな格好をしていた。

ただ腰《こし》に剣《けん》を差しているので、予想通り護衛（騎士）として同行していたようだ。

ルーザさんは俺とシェスの間に立つと、ぎろりと俺を睨《にら》みつけた。

「アマタ、貴様は金輪際お嬢さまに近づくな。わかったな？」

「……へ？　いや、ちょっと待ってくださいよルーザさん。どゆことか説明してもらえませんか？」

「説明？　説明だと？　いま説明と言ったのか⁉　お嬢さまの信頼を裏切った貴様に何を説明しろと言うのだ‼」

目をくわっと見開き、俺をずびしっと指さすルーザさん。

瞳《ひとみ》には軽蔑《けいべつ》の色。吐《は》き出される言葉には俺への怒りが込められている。

状況《じょうきょう》が呑《の》み込めない俺としては、首を傾《かし》げるばかりだ。

「裏切る？　俺が？」

「チィッ。お嬢さま、この馬鹿者《ばかもの》は己の罪を理解しておらぬようです」

ルーザさんがあからさまな舌打ち。

からの上司《シェス》に報告。

報告を受けたシェスは腰に手を当て、仁王《におう》立ちの構え。

「アマタ、どーしてあたしがおこってるかわからないの？」

「正直ぜんぜんわからない。俺なにかしたっけ？」

「っ……」

シェスの肩がぷるぷると震《ふる》える。

俺を睨む碧《あお》い瞳に、じわりと涙《なみだ》が浮かんだ。

「わからないならおしえてあげるわ。それは――」

シェスは、目に涙をいっぱいに溜《た》めて。

「アマタがあたしの誕生パーティにこなかったからよ！」

「た、誕生パーティ？」

「そうよ。あたし、九さいになったのよ」

「そうだぞアマタ。お嬢さまは九歳《さい》になられたのだ。より凜々《りり》しくなられたのだ」

「いや、ちょ――」

「たくさんの人があたしの誕生日をシュクフクしてくれたわ。なのにアマタはいなかった！」

「祝福に駆《か》けつけた貴族をも無視し、お嬢様《じょうさま》は貴様を捜されたのだぞ！」

「人づてにプレゼントをわたすぐらいなら、あいにきてほしかった」

「お嬢さまへの贈物《おくりもの》をジダンに託《たく》すとは、この臆病者《おくびょうもの》めっ。直接渡《わた》せばいいだろうに！それともお嬢様に会う時間すら惜しいというのか⁉」

俺が「待って」と言うよりも早くシェスが言葉を被《かぶ》せ、更《さら》にルーザさんまで言葉を上乗せしてくる。

「招待したのに、どーしてこなかったのよ！」

「平民の分際でお嬢さまの招待を断るなど、不敬にもほどがあるぞ！」

「えっと、招待？」

「そうよ！　あの招待状だって……いっしょうけんめいかいたんだから」

「ペンを取ることすら超超超希《まれ》なお嬢さまが、わざわざ貴様のために招待状をお書きになったのだ！　お嬢さまがご自身で招待状をお書きになったのは、これがはじめて。アマタ、貴様にその価値がわかるか！」

「……」

シェスの誕生日は知っていた。

プレゼントだって、王都にいるジダンさん――久遠《くおん》の約束の会頭――に渡してもらうよう頼んでおいた。

けれども、だ。

誕生日パーティ。そして招待状。

どちらも初耳のワードだ。

「えーっと。ちょっと待ってもらっていい？」

「イヤよ。いいわけなんかききたくないわ！」

「見苦しいぞアマタ。この期《ご》に及《およ》んで言い訳など……貴様それでも男か！　このひょろひょろ平民が！」

シェスがイヤイヤと首を振《ふ》り、ルーザさんはここぞとばかりに俺をなじる。

この光景にアイナちゃんはおろおろし、デュアンさんはどうしたものかと頭を悩《なや》ませている様子。

「いやいや、そうじゃなくて――」

「アマタにかいた招待状は、なんどもなんどもかきなおしたのよ！」

「お嬢さまはひょろひょろな貴様なんかのために、何度も何度も書き直されたのだ。このご苦労が貴様にわかるかっ」

「一日でもはやくとどくようにって、ルーザにいいつけて招待状をだしてもらったのに」

「そうだぞ！　お嬢さまはお書きになった招待状を私にお預けになって――っ!?」

絶好調に俺を責め立てていたルーザさんが、急に黙《だま》り込む。

「……ルーザ？」

不思議に思ったシェスが声をかけるも、ルーザさんは答えない。

「ねぇシェス」

「な、なによ？」

やっとシェスが返事してくれた。

「シェスが言ってる『招待状』だけどさ。俺、受け取ってないんだけれど」

「…………え？」

シェスはぽかんとして、すぐにその顔をルーザさんへ向ける。

ルーザさんは口を真一文字に引き結び、額にたくさんのあぶら汗《あせ》を滲《にじ》ませていた。

「……ルーザ」

「は、はい。なんでしょうお嬢さま?」

「あなた、ちゃんとアマタに招待状をだしたわよね?」

「も、もちろんです」

一度馬車に戻ったルーザさんが、積んでいたカバンに手を入れる。からの必死な顔でガサゴソと。

やがて、くしゃくしゃになった紙が取り出された。

「お嬢さま。しょ、少々お待ちを」

ルーザさんはそう断りを入れると、シェスに背を向けた。

その場にしゃがみ、太ももを台にして、くしゃくしゃな紙を手で伸《の》ばしている。

一生懸命《いっしょうけんめい》伸ばしている。

「えいっ、えいっ。伸びろ……まっすぐに……なれ!」

待つこと二分少々。やっとルーザさんが立ちあがった。

くしゃくしゃになった紙から、あちこち折れ曲がった手紙に。

そんな手紙を手に、ルーザさんが俺の前へとやってくる。

「お嬢さまがお書きになった招待状は………おいアマタ、何も言わずこれを受け取れ」

ルーザさんが折れ曲がった手紙――たぶん招待状――を俺へと押《お》しつける。

それはもうぐいぐいと強引《ごういん》に。

あまりにも必死な顔をしているものだから、思わず受け取ってしまったぞ。

ルーザさんとはじめて会ったときも、いまみたいに銅貨三枚を渡されたっけ。

「よ、よし。渡したぞ。渡したからな!」

ルーザさんは念を押すように言うと、満面の笑《え》みでシェスを振り返る。

「見ましたかお嬢さま?」

「……」

「見ましたよね? この通りお嬢さまの招待状はアマタの手に届けられています!」

「……」

いつの間にやらシェスがジト目に。

視線の先は、もちろんルーザさん。

「アマタは招待状を手にしていたのです! なのにお嬢さまの誕生パーティに来なかったということは――い、いうことは! すべてこの男、アマタが悪いのです!!」

常軌《じょうき》を逸《いっ》した責任転嫁《てんか》が来たぞこれ。

この発言に、

「ルーザお姉ちゃん……。それはメッだよぉ」

優《やさ》しいアイナちゃんもドン引きだ。

身も心もイケメンのデュアンさんに至っては、道に咲《さ》く一輪の花を愛《め》ではじめている。

聞こえないフリをしてあげているようだ。

伊達《だて》にイケメンしてない。

「ルーザ」

「は、はひぃっ！」

ルーザさんがびくりとし、直立不動。

仁王立ちしたシェスは、ただ一言。

「減給よ」

と告げるのだった。

◇◆◇◆◇

俺とアイナちゃんは、馬車に揺《ゆ》られていた。

といっても高級仕様の馬車のため、それほど揺れてはいない。

「ごめんなさいアマタ。あなたをうたがってしまって……」

対面の座席に座《すわ》ったシェスが、頭を下げてきた。

ちょっと可哀想《かわいそう》なほど落ち込んでいる。

でもこれで招待状を巡《めぐ》る誤解は解け、シェスとの仲も元通り。

「よしよし。シェスちゃん元気だして」

アイナちゃんが、隣《となり》に座るシェスに慰《なぐさ》めの言葉をかける。

「そうだよ。俺のことは気にしなくていいからさ」

「するわよ。あたし、またアマタにひどいことをいってしまったわ」

「それこそ気にしなくていいよ。というか、今回はシェスも被害者《ひがいしゃ》みたいなものだからね」

「……うん」

あの後、俺たちはシェスを新居に案内することになった。

再び白馬に跨《また》がったデュアンさんが先導し、馬車の一団を新居へご案内。

俺とアイナちゃんはシェスと同じ馬車に乗り、こうして心地《ここち》よい揺れに身を任せている真っ最中だ。

ちなみにルーザさんは馬車に乗ることを固辞した。

おそらくは、気まずさからの行動だったのだろう。

先ほどまで小走りで馬車について来ていたのだが、見かねたデュアンさんが声をかける。

「よかったら僕《ぼく》の後ろに乗るかい？」

白馬に跨《また》ったイケメンから、二人乗りのお誘《さそ》い。

これにルーザさんは一秒の間も空けずに飛びついた。

めでたく白馬に跨る騎士二人。

デュアンさんの腰に手を回すルーザさんは、とても乙女《おとめ》な顔をしていた。

「シェスちゃん、もう九歳なんだね」

「そうよ。アイナよりとしうえなんだから」

「じゃあ、ちょっとのあいだお姉ちゃんだね」

「フフ。そうなるわね」

アイナちゃんとシェスは手を繋ぎ、楽しそうに会話をしている。

ここは二人の邪魔《じゃま》をせず、見守ることとしましょうか。

「アイナもね、もうすぐ誕生日なんだよ」

「え、そうなの？」

「うん」

「いつなの？」

「んとね……」

アイナちゃんが指折り数えはじめる。

「あと一〇日だよ」

「マジで⁉」

ぜんぜん見守れなかった。

というか、声をあげて驚《おどろ》いてしまった。

「な、なによアマタ。きゅうにおおきな声をだして」

「驚かせてごめんねシェス。というかアイナちゃん、あと一〇日で誕生日なの？」

「う、うん」

「なんてこった……」

ステラさんからもうすぐ九歳になるとは聞いていたけれど、それが一〇日後だなんて知らなかった。

いや、でもこのタイミングで知れてよかったと考えるべきか。

「アイナちゃん、なにか欲《ほ》しいものはある？」

「……え？」

「プレゼントだよ。誕生日プレゼント」

「え？　え？　ぷれぜんと？」

プレゼントと聞き、アイナちゃんがきょとんとする。

なぜだろう、と不思議に思っていると、

「アマタは、あたしだけじゃなくアイナにもプレゼントをおくりたいの？」

戸惑うアイナちゃんに代わり、シェスが訊いてきた。

「そのつもりだけれど……なにか問題あった？」

「ううん。すこしおどろいただけ。だって、誕生日におくりものをするだなんて、まるで貴族みたいだから」

「え、そうなの？」

「そうよ。アマタの国ではちがうの？」

質問に質問で返されてしまった。

どうやらギルアム国——場合によってはこちらの世界では、誕生日にプレゼントを贈る習慣がないようだ。

「ごめん。それ詳《くわ》しく教えてもらえる？」

「いいわよ」

シェスはコホンと咳払《せきばら》い。

教師役をするのははじめてだからか、得意気な顔になっている。

「誕生日におくりものをするのは貴族や王族だけだって、お母さまがおしえてくれたわ」

シェスの話をまとめると、ざっくりこんな感じだった。

誕生日を迎えた王族や貴族は自分の誕生パーティを主催《しゅさい》し、ホストとなって招待客を持てなすそうだ。

ただこの風習は、

「ルーザがいうには、ヘーミンも誕生日におなじことをするそうよ」

王侯《おうこう》貴族だけのものではなく、身分に拘わらず行われているらしい。

出身国が違うアイナちゃんもうんうんと頷いていたことから、只人族《ヒューム》の国では当たり前の風習なのかも。

しかしながら招待された者が、主催者《しゅさいしゃ》に——誕生日を迎えた者に贈物をするのは、資金力のある貴族や王族独自のものなのだとか。

だからシェスは、プレゼントを贈ろうとする俺を見て「貴族みたい」と、そう言ったのだ。

「どうアマタ、わかった？」

シェスがドヤ顔で訊いてくる。

俺は拍手《はくしゅ》をパチパチと。

「ありがとう。すっごく勉強になったよ」

「これぐらいジョーシキだから、おぼえておきなさい」

得意気になったシェスが髪《かみ》をかき上げる。

以前に施術《しじゅつ》した縮毛矯正《きょうせい》は未《いま》だ健在の様子。

「へええ。こっちにはプレゼントを贈る習慣がないんだね」

「そうよ」

「そうだよ」

二人の少女が同時に頷く。

さすが親友同士。息がぴったりだ。

「なのにアマタからプレゼントがおくられてきて、あたしびっくりしたんだから」

「ごめん。ちょっと常識知らずだったね」

「ううん。アマタがパーティにきてくれてたら、きっとうけとっていたわ」

シェスが言うには、俺が贈ったプレゼントはまだ開けていない、とのこと。

本人的には直接渡されたものしか、プレゼントとして認めたくなかったそうだ。

ただ、今回のお引っ越《こ》しにも持ってきているそうで、後日改めて渡して欲しいとお願いされた。

ルーザさんが招待状を出してさえいれば、こんなややこしいことにならなかったのにな。

「でもそっかー。プレゼントを贈らないのが普《ふ》通《つう》なのかー」

「うん。だからねシロウお兄ちゃん、アイナぷれぜんといらないよ。だってアイナは、」

アイナちゃんは、俺を真《ま》っ直《す》ぐに見つめて。

「もうシロウお兄ちゃんからいっぱいいっぱい、いーーーっぱい！　たいせつなものをもらっているんだもん」

「アイナちゃん……」

幸せそうに微笑んで、アイナちゃんは続ける。

「それにね、これいじょうシロウお兄ちゃんからもらっちゃったら、神さまからのバチがあたっちゃうよ」

自分は幸せだと、満たされていると、アイナちゃんはそう言っているのだ。

「あ、でもね。おかーさんがアイナのお誕生日会をしてくれるっていってたの。だからシロウお兄ちゃん、それにシェスちゃん」

アイナちゃんが手を伸ばす。

右手でシェスの手を、左手で俺の手を握《にぎ》る。

「アイナのお誕生日会、きてくれる？」

「もちろんだよ」

「あたりまえよ！」

俺とシェスの言葉が重なる。

アイナちゃんは心底嬉しそうに。

「ありがとう」

と微笑むのだった。

◇◆◇◆◇

異世界の風習を一つ学んだところで、

「そういえば、アマタの国では誕生日をどうすごすの？」

シェスがそんなことを訊いてきた。

誕生日を巡る文化や風習の違いが気になったのは、シェスも同じだったようだ。

チラリと横を見れば、アイナちゃんも興味津々《きょうみしんしん》といった顔をしているぞ。

ならば教えてあげよう。

「俺の故郷ではね、誕生日を迎えた人に友人や家族がプレゼントを贈るんだ」

二人の少女に、日本式の誕生日会を話して聞かせる。

「まずケーキを用意してね、歳の数だけロウソクを挿《さ》すんだ」

「ロ、ロウソクをさすの？　ケーキにっ⁉」

こちらのせかいのロウソクは、ほとんどが実用性重視の太いものばかり。

だからかロウソクを挿すと聞き、シェスがぎょっとしていた。

「あはは。と言っても、ものすごーく細いロウソクだけれどね」

「びっくりさせないでよ。ケーキをつぶしちゃうのかとおもったわ」

俺の言葉に、アイナちゃんもシェスもドキドキハラハラと。

わかるよ。異国の文化って聞いてるだけで楽しいんだよね。

「部屋を暗くして、ケーキのロウソクに火を灯《とも》す。五歳なら五本。九歳なら九本みたいにね」

「シロウお兄ちゃん、じゃあ二〇さいなら二〇ぽんさすの？」

「そゆときは一本のロウソクを五歳や一〇歳分として数えて、臨機応変に変えていくんだ。じゃないと歳を取れば取るほどロウソクが増えていくからね。たた、ロウソクの本数は決まりがあるわけじゃないんだ」

「そうなの？」

アイナちゃんが訊いてくる。

「うん。ずっと同じ本数でお祝いしてる人もいるしね」

「ふーん。おもしろいわね」

「でしょ？」

「うん。おもしろいねシェスちゃん」

もう二人は、ケーキの話に夢中になっていた。

「どこまで話したっけ？」

「ケーキにロウソクをさして火をつけたところよ」

「ありがとシェス。火を灯したらね、ケーキを囲んでバースデーソングを――えっと、誰《だれ》もが知ってる『誕生日をお祝いする歌』をみんなで歌うんだ。誕生日を迎えた人のためにね」

「「……」」

「歌が終わると同時に、誕生日の人がロウソクに息を吹《ふ》きかけて火を消すでしょ」

「「……」」

「火が消えた瞬間《しゅんかん》、集まったみんなが『おめでとー！』って祝福してね。そこでプレゼントを贈って、ケーキをみんなで食べるんだよ」

「「……」」

「まあ、お祝いする人や家庭によって細かいところは変わるけれど、概《おおむ》ねこんな感じかな」

説明を終えた俺は、二人の反応を窺《うかが》う。

「「……」」

二人は無言。途中《とちゅう》からずっと無言。

うわの空と言うか、俺が話して聞かせた誕生日会を頭の中でイメージしようとしているみたいだ。

「ねぇ、アイナちゃん」

「……」

「アイナちゃーんやーい」

「ふわぁ！　な、なにシロウお兄ちゃん？」

現実世界に帰還《きかん》したアイナちゃんが、慌《あわ》てた顔で俺を見る。

「アイナちゃんさえよかったらなんだけれど、」

「う、うん」

「俺に誕生日ケーキを用意させてくれないかな？」

「えぇっ⁉」

「ホントはプレゼントも用意したいんだけれど、せめてケーキぐらいはってことで」

「だ、だめだよぉ」

アイナちゃんはおろおろと。

しかし――

「まちなさいアイナ」

「シェスちゃん……」

「アイナ、アマタの国のブンカをソンチョーしてあげてもいいんじゃないかしら？」

凄《すご》い。あのシェスから『文化』とか『尊重』とか、難しい言葉が飛び出してきたぞ。

以前からは考えられない変化だ。

「シェスもいいこと言うね。うん、どうかなアイナちゃん？」

「えっと……えっと……」

アイナちゃんは人差し指をくっつけっこして、もじもじと。

やがて、

「じゃ、じゃあ――」

アイナちゃんが、シェスの腕《うで》に抱きついた。

「シェスちゃんといっしょにお誕生日会していいなら、いいよ」

「な、なにをいいだすのよアイナ⁉」

「シェスちゃん、シェスちゃんはお誕生日会にシロウお兄ちゃんがきてほしかったんでしょ？」

「それは……そうだけれど――」

「じゃあ、いっしょにやろ？　シェスちゃんとアイナで、お誕生日会しよう？」

面食らったような顔をするシェス。

けれども、

「……わかったわ」

シェスは頷《うなず》くと、空いている方の腕で俺を指さした。

「きいたわねアマタ？　あたしとアイナの誕生パーティをするから……す、するから！」

続く言葉は勇気が必要だったようだ。

シェスが大きく息を吸《す》い込《こ》む。

「ア、アマタの国のやりかたで、あたしとアイナをシュクフクしなさい！」

「それはケーキだけじゃなくて、プレゼントも用意していいってことかな？」

「シロウおに――」

「いいわよ」

「シェスちゃん⁉」

「ソンチョーよ。ソンチョー。それにあたしはアマタからプレゼントをもらっているの。まだあけてはいないけれど……でも、アイナといっしょに誕生パーティをするなら、アイナももらうべきよ」

「う、うん」

驚くアイナちゃんに、真剣《しんけん》な顔で「ソンチョー」と繰《く》り返すシェス。

二人を見て、俺は吹き出してしまいそうになるのを堪《こら》えるのが大変だった。

「シェス、アイナちゃんを説得してくれてありがとう」

「あたしはアマタの国のブンカをソンチョーしただけよ」

「それでもだよ。じゃあ、俺の故郷のやり方で二人の誕生日をお祝いさせてもらうね」

俺の言葉に、

「ん、おねがいします」

アイナちゃんは遠慮《えんりょ》がちに、

「たのしみにしてるわ」

シェスはワクワクとした顔で頷くのだった。

第八話　王女の供回り

シェスの新居は驚異《きょうい》の15ＬＬＤＫ。もちろん広い浴室つき。

都内だったら数億は下らない贅沢《ぜいたく》な間取りだ。

それでも貴族が住むにはささやかな邸宅《ていたく》、といった大きさらしい。

新居となる屋敷《やしき》には、主人のシェスと護衛のルーザさん。それに侍女《じじょ》たちが暮らすとのこと。

塀《へい》に囲まれた新居の敷地内《しきちない》には、別にもう一棟《とう》家を建ててある。

こちらはシェスの供回りのために建てたもので、ルーザさんを除いた護衛と、使用人や専属の料理人たちが住まうようだ。

男女でルームシェアとか、ちょっと楽しそうじゃんね。

屋敷を案内し終え、俺《おれ》の役目はひとまず終了《しゅうりょう》。

せっかくだしシェスのお連れにもご挨拶《あいさつ》を、と思ったのだけれど、

「「「……」」」

シェスのお連れ——特に、侍女の方々の俺を見る目が冷たかった。

王女の侍女ともなると、貴族の娘《むすめ》が選ばれるそうだ。

主人《シェス》の友人とはいえ、俺もアイナちゃんもバキバキの平民。

貴族の娘として育った方々にとっては、平民と同じ空間にいることが耐《た》えられないのだろうか？

もしくは自分たちの主人が、平民と仲良くしているのを快く思っていないのかもしれないな。

シェスの侍女は五人。

年齢《ねんれい》は十代半ばから、二十歳《はたち》そこそことといった感じ。

侍女たちは一カ所に集まると、

「あの男が竜騎士《りゅうきし》というのは本当なの？」

「シェスフェリア様の接し方を見るに、そのようね」

「竜騎士ともあろう者が、こんな辺境に住むものかしら？」

「幻術《げんじゅつ》を用いてシェスフェリア様にドラゴンの幻《まぼろし》を見せたのではない？」

「あり得ますわ。あの黒い髪と黒い目を見て。黒魔術《くろまじゅつ》の使い手に違《ちが》いありませんわ」

「ほら、あの細い腕。あのノア男爵《だんしゃく》のご子息でも、もう少しまともな体つきをしておりますわよ。竜騎士のはずがありませんわ」

俺を見てヒソヒソと。

上位ドラゴンを従える竜騎士。

どんな猛者《もさ》かと思いきや、現れたのはまさかのもやし。

期待外れを通り越して、シェスに幻を見せたとまで言われはじめている。

でも、

「なにをはなしているの？」

シェスが睨《にら》むと、侍女たちはさっと顔を逸《そ》らす。

上下関係だけはちゃんとわきまえているようだ。

そんな侍女たちを見て、シェスは苛立《いらだ》っているようだったけれどね。

さり気なく周囲を見回し、聞き耳を立てる。

「こんな辺境に送られるなんて……」

「王都が恋《こい》しいわ」

「さすが辺境ですわね。土臭《つちくさ》くて堪《たま》りませんわ」

「こんな馬小屋のような場所にシェスフェリア様を住まわせるだなんて、あの平民何を考えているのかしら」

「こんな田舎町《いなかまち》でまともな食材が手に入るものか！」

侍女だけではなく、使用人も料理人も、辺境送りになったことに不満を抱《いだ》いているようだった。

まだ町を見回ってもないのに、不満を言うのはやめてもらいたい。

けれども王都に住んでいた人たちからすれば、普通の反応なのかもしれないな。

いまのニノリッチには、思い出を残せるフォトスタジオに、欲望渦《うず》巻《ま》くカジノにオークション会場。

映画館さながらに動画を投影《とうえい》できる劇場に、洋服と化粧品《けしょうひん》の専門店ビューティー・アマタ。それに公衆浴場まである。

日本から持ち込んだ調味料のおかげで料理はどこの店も美味《おい》しいし、近隣《きんりん》諸国から商人が集まった結果、市場には異国の品も多く並んでいる。

なんなら他の商会の支店まで建設されはじめているのだ。

考えようによっては王都よりも過ごしやすく、娯楽《ごらく》も充実《じゅうじつ》しつつある楽しい町なのだけれどね。

機会があれば、ぜひ観光案内してあげたい。

◇◆◇◆◇

使用人たちが荷馬車から荷物を運び入れはじめたので、

「さてっと。荷解《にほど》きもあるだろうし、俺はそろそろ行くよ。アイナちゃんはどうする？」

「アイナもそろそろいこうかな」

俺もアイナちゃんも帰ろうとしたのだけれど、

「アマタ、アイナ！　まだ――もうすこしだけいっしょにいて」

シェスが頼《たの》むものだから、もうちょっとといることに。

「上ではなしましょう」

みんなで二階へ。

二十畳《じょう》ほどの広さがある、シェスのメイン部屋へと移動する。

すでに寝具《しんぐ》は用意済み。

部屋には都内の家具店で購入《こうにゅう》した、ソファとテーブル。

他にドレッサーなんかも置いてある。

シェスははじめて見る家具に瞳《ひとみ》を輝《かがや》かせていたけれど、ひとまずみんなでソファへ。

アイナちゃんとシェスは隣同士《となりどうし》。

俺は二人の対面に。ルーザさんはシェスの背後で直立不動。

気心の知れた相手しかいないから、やっと人心地《ひとごこち》つけたぞ。

「ごめんね、侍女たちがわるくいって……」

侍女の態度を、シェスが謝《あやま》ってきた。侍女《部下》のために謝るシェスに、成長を感じずにはいられない。

前職の上司に爪《つめ》の垢《あか》をプレゼントしたいぐらいだ。

「姫《ひめ》さまが謝ることではありません。ギルアム王国の者として、姫さまに仕えることは至上の喜び。姫さまのいる場所こそが楽園。それをあの者たちは理解していないのです！」

興奮のあまり、ルーザさんがシェスのこと「姫さま」と呼んでいるぞ。

「まーまー、ルーザさん落ち着いて」

「そうよルーザ。侍女たちもすきでついてきたワケではないんだもの」

シェスがため息をつく。

「ニノリッチは住んでみるといい町なんだけれどね。それよりシェス、」

「なに？」

「どうしてこの町に来たのか訊《き》いてもいい？」

俺の質問に、シェスがこくりと頷く。

「いいわよ。あたしがこの町にきたのはね――――……」

二ヶ月前、俺が王都を去った後のことだ。

第二王妃《おうひ》が失脚《しっきゃく》したこともあり、シェスは急に他の貴族たちから持ち上げられはじめた。

貴族たちの手のひら返しに困惑《こんわく》し、戸惑《とまど》うシェス。

そこに王宮内で俺の噂《うわさ》が広がりはじめた。

『シェスフェリア王女の配下には竜騎士《ドラゴンライダー》がいるぞ』

『例の地下ギルドを壊滅《かいめつ》させたのもドラゴンだったと聞いたな』

『彼《か》の者は伝説の妖精《ようせい》をも従えているそうだぞ』

『とても大きな商会の会頭で、巨万《きょまん》の富を持つらしい』

などなど。

シェスの王女の身分におまけでついてくる資産家の竜騎士。

舞踏会《ぶとうかい》デビューの一件と相まって、有力貴族の子弟《してい》から求婚《きゅうこん》が殺到《さっとう》する。

様々な派閥《はばつ》から求婚の申し入れがあったことで、国王もシェスの母親――第一王妃も頭を抱《かか》えることになった。

貴族たちとの駆《か》け引きが必要になるからだ。

対して腹違《はらちが》いの妹パトリシア第二王女は、鼻つまみ者だったシェスと入れ替《か》わるようにして居場所を失うことに。

優秀《ゆうしゅう》なパトリシアと比較《ひかく》され続けてきたシェスだ。

別に仲がいいわけでもない。

それでもシェスは、かつての自分といまのパトリシアを重ねずにはいられなかった。

駆け引きを強《し》いられる両親と、妹のパトリシア。

両者の悩《なや》みを解決する手段として、シェスは王宮を去ることを選んだ。

王宮を離《はな》れれば、本人の不在を理由に婚約《こんやく》の話を引き延ばすことができるし、パトリシアもシェスの姿を見ないで済む。

幸いなことに、上位ドラゴンを使役《しえき》している（とされる）俺を理由にすることで、誰も反対できなかった。

「――それで、あたしはアマタをリユウにこの町へきたのよ」

「「……」」

話を聞いた俺とアイナちゃんは言葉を失ってしまった。

シェスは両親と妹のために、自分を犠牲《ぎせい》にしてこの町へとやってきたのだ。

「あ、ごかいしないでよ。あたしはアイナとアマタにずっとあいたかったんだから」

暗い話はおしまい、とばかりにシェスが明るい声を出す。

「だからこの町にきたことはコーカイしてないのよ」

シェスがふんすと鼻を鳴らす。

大好きな両親と離れて暮らすことになるのに、強い子だな。

俺はそんなシェスを眩《まぶ》しく思い、

「シェス、ニノリッチへようこそ」

と言うのだった。

◇◆◇◆◇

シェスから事情を聞き終えたタイミングで、

「オイ、アマタ。お前に訊きたいことがある」

ルーザさんがそう切り出してきた。

「なんです?」

返事をすると、ルーザさんはツカツカと部屋の窓に近づく。

「あの男のことなのだが」

ルーザさんが指し示した先。

そこには、さわやかな笑顔《えがお》で荷物を運ぶデュアンさんの姿が。

身も心もイケメンの彼は、引っ越しの荷物運びを手伝っている様子。

これには侍女や使用人たちも嬉《うれ》しそうにデレデレと。

俺への冷たい目はどこへやら。

侍女たち全員でイケメンを囲み、楽しそうに談笑《だんしょう》までしているじゃんね。

「デュアンさんがどうかしましたか?」

「ほう。あの男はデュアンという名なのか」

「ええ。デュアン・レスタード。バシュア伯爵《はくしゃく》に仕えている騎士《きし》ですね」

そう説明すると、ルーザさんは顎《あご》に手をやり一人ふむふむと。

「騎士、か。結婚《けっこん》はしているのか?」

「いえ、デュアンさんは独身ですよ」

独身と聞き、にやりと笑うルーザさん。

なんだかとても嫌《いや》な予感がしてきたぞ。

「フッ。やはり独身か。道理で」

「……ルーザさん?」

「私に『馬に乗れ』と言ったときに察したのだ」

ルーザさんはそこで一度区切ると、自信満々な顔で。

「この男は私のことがす、す、す、好きなのだとっ！」

「……ルーザ？」

「ルーザさん？」

「ルーザお姉ちゃん？」

この発言に俺たちは困惑してしまう。

ルーザさんってば、盛大な勘違《かんちが》いをしているぞ。

「騎士……そうか騎士か。フッ。男爵家の私とは身分の差があるが、ああも好意を向けられては、な」

一人ブツブツと呟《つぶや》くルーザさん。

「もしもしルーザさん？　てか男爵って？」

確かルーザさんは、デュアンさんと同じ騎士爵《きししやく》だったはずだ。

代わりに答えたのはシェスだった。

「アマタたちといっしょに、あたしをわるいヤツらからたすけてくれたでしょ。そのことでルーザは男爵にショーシャクしたのよ」

「へええ。出世したんだね」

以前、俺たちは攫《さら》われたシェスを救うため、地下ギルドの拠点《きょてん》に殴《なぐ》り込みをかけた。

その救出劇にルーザさんも帯同していたから、褒美《ほうび》として騎士爵から男爵家に昇爵《しょうしゃく》したとのことだった。

身分の差とか言い出しているあたり、早くも貴族ムーヴ出してるじゃんね。

「仕方がない。どうしてもと懇願《こんがん》するのなら婿《むこ》として迎《むか》えてやってもいいだろう」

暴走が止まらないルーザさん。

カレンさんに片想《かたおも》いしているデュアンさんに片想いしているルーザさん。

片想いの連鎖《れんさ》が止まらない。

「だがなデュアン、簡単に私の心を奪《うば》えるとは思わぬことだぞ」

すでに奪われているのに、そう独りごちるルーザさん。

彼女《かのじょ》は窓の向こうで笑顔を振《ふ》りまくデュアンさんを見つめ、にやにやと。

そんなルーザさんを、俺とアイナちゃんとシェスは生暖かい目で見守るのだった。

デュアンさんがカレンさんに恋していることは、胸にしまっておくことに決めた。

幕間《まくあい》

再会を喜び、いつまでも話し続けているアイナとシェス。
二人に気を遣《つか》ったのか、士郎《しろう》は「店に戻《もど》るね」と言い屋敷を後にした。
もちろん、アイナも士郎と一緒《いっしょ》に戻ろうとした。
けれども、

――あとすこしだけいっしょにいてほしい。

シェスフェリア《親友》の口から出た、アイナへのお願い。
そんな言葉を三度ほど聞いた結果、外はすっかり暗くなっていた。
シェスフェリアは生まれ育った王都を離れ、今日から新しい生活を送ることになる。
顔には出していないが、心細いに決まっている。
不安を感じているに決まっている。

だからアイナは、

「シェスちゃん、とまっていい？」

今日はずっと親友の側にいようと決めた。

この時の親友の顔を、なんと表現すればいいのだろう。

「いいの？」

「うん」

「っ……」

一晩中アイナといられると聞き、シェスフェリアの瞳は輝いた。

もう全身から喜びが溢《あふ》れ出ている。

「シロウお兄ちゃんがね、とまっていけば、って。いろいろよういしてくれてたの」

アイナは士郎から渡《わた》されたカバンを開ける。

歯ブラシに歯磨《はみが》き粉《こ》。

スナック菓子《がし》にチョコーレート菓子。

アイナのお気に入りの、動物を模したビスケット。

こちらは母が用意したものだろう。寝巻《ねまき》に替えの下着まであった。

大好きな『シロウお兄ちゃん』は、自分《アイナ》が泊《と》まっていくことを予想し、事前に準備を整えてくれていたのだ。

『ステラさんには俺から伝えておくよ』


士郎はそう言い、店へと戻っていった。

「シロウお兄ちゃん……ありがとう」

アイナは士郎の気《き》遣《づか》いがとても嬉しかった。

やっぱり、シロウお兄ちゃんの側にいたいと思った。


アイナはシェスフェリアと一緒にお風呂《ふろ》に入った。

ここでアイナはとても驚《おどろ》くことになる。

シェスフェリアの体を、お付きの者が洗っている。

それも一人ではない。三人だ。

三人がシェスフェリア一人のために、体を洗っていたのだ。


『アイナよりとしうえなんだから』

昼にはそんなことを言って、えっへんとしていたのに。
お付きの者は、シェスフェリアとアイナが浴槽《よくそう》に浸《つ》かっているときも側にいた。
だから緊張《きんちょう》してしまい、寛《くつろ》ぐことが出来なかった。

お風呂の次は夕食。
大きなテーブルに、向かい合わせで座《すわ》るアイナとシェスフェリア。
会話をしようにもテーブルが大きすぎる。
大きな声を出してもいいのだろうか？
あのお姉ちゃんたちは、どうして壁際《かべぎわ》に立っているのだろうか？
あれこれと悩んでいるうちに、料理が運ばれてきた。
大きなお皿の真ん中に、料理がちょこんと載っている。
「さあ、たべましょう」
「う、うん」
シェスフェリアの真似《まね》をして、料理をナイフとフォークで切り分けて口に運ぶ。
正直に言うと、シロウお兄ちゃんにもらった『かつどん』の方がずっと美味しかった。

でも、それは仕方がないか。

シロウお兄ちゃんは魔法《まほう》が使えないけれど、とっても凄い魔法使《まほうつか》いなのだ。

お昼に出してくれる料理はどれも美味しいし、食後に出てくる『すいーつ』に至っては、ほっぺたが落ちそうになるぐらいだ。

「今晩のメニューは王都より運《はこ》び込んだメリッチャの干物《ひもの》を——……」

なんだか偉《えら》そうな料理人が、なんだかわからないことを喋《しゃべ》っている。

アイナはチラリとシェスフェリアを見た。

「……」

料理人の話を聞くシェスフェリアは、うんざりした顔をしていた。

——ご飯のたびになんだかわからない話を聞かされるなんて、シェスちゃんかわいそう。

アイナは心の中で親友に同情した。

シェスフェリアの部屋に戻って来たアイナ。

部屋には侍女も使用人もいない。護衛のルーザも扉《とびら》の向こうだ。

やっと二人きりの時間がやってきた。

これでシロウお兄ちゃんから聞いていた、「ぱじゃまぱーてぃー」なるものができる。

長い緊張からやっと解放されたアイナは、

「ふわぁ～」

寝巻姿《パジャマ》でベッドに倒《たお》れ込んだ。

このベッドは士郎がシェスフェリアのために用意したもので、とても大きい。

大の字で寝転《ねころ》がっても、まだまだ余裕《よゆう》があるのだ。

「はぁ～……」

安堵《あんど》の吐息《といき》を漏《も》らすアイナを見て、シェスフェリアの口元が緩《ゆる》む。

シェスフェリアも寝巻に着替《きが》え、アイナと同じようにベッドで寛いでいた。

「シェスちゃんは、いつもだれかといっしょなんだね」

「そうよ。いきぐるしくてイヤになっちゃうわ」

「おひめさまってたいへんなんだね」

「ならかわってくれる？」

「ん～……。やだ」

「……」

「……」

「…………ぷふっ」」

二人は見つめ合い、やがてくすくすと笑い合う。

そこからは楽しい夜だった。

待ちに待った親友との時間だった。

「シェスちゃん、これおいしいんだよ」

「ホントね。なにこれ？」

「シロウお兄ちゃんがくれたおかしだよ。こっちもおいしいよ」

「ちょうだい」

一つのベッドに寝《ね》そべり、お菓子の袋《ふくろ》を次々と開ける。

なんて贅沢な夜なんだ。

会話も弾《はず》んだ。何度も笑った。

いつもなら寝てる時間なのに、ぜんぜん眠《ねむ》くない。

二人は深夜まで話し続けた。

星が綺麗《きれい》な夜だった。

二人で星を眺《なが》めていると、いつしか会話が途切《とぎ》れていた。

アイナは隣《となり》で星を眺めるシェスフェリアの手を握《にぎ》り、

「ねぇ、シェスちゃん」

「なに？」

「シェスちゃんは……さびしくないの？」

寂《さび》しくないかと、そう訊いた。

「おかーさんとおとーさんとはなれて、さびしい？」

シェスフェリアは夜空の星を眺めたまま。

やがて、ぽつりと。

「さびしいにきまってるじゃない」

「シェスちゃん……」

「でも、あたしがこの町にいることで、お父さまもお母さまもアンシンしてくれるのよ」

アイナの手が強く握られる。

「あたしはお父さまがだいすき。お母さまがだいすき。だからあたしのせいでくるしんでほしくないの」

シェスフェリアの言葉には、強い意志が宿っていた。

決意と言ってもいい。

「それに、いまはさびしくないわ」

「……どうして？」

その問いに、シェスフェリアは微笑《ほほえ》んだ。

星々から視線を移し、瞳にアイナを映す。

「アイナがいるもの」

「っ……」

「この町にはアマタもいる。おっちょこちょいだけれどルーザもついてきてくれたわ。だからあたしはへーきよ」

大切な家族と離れても、側に大好きな人がいるから耐えられる。

シェスフェリアはそう言っているのだ。

その言葉を聞いたアイナの目からポロポロと涙《なみだ》が零《こぼ》れる。

「ど、どうしたのアイナ？　なんで泣いてるの？」

「シェスちゃんはつよいね。アイナは……よわむしだなぁ」

寝巻の袖《そで》で、ぐしぐしと涙をふくアイナ。

「シェスちゃん、きいてくれる？」

「も、もちろんよ！」

「アイナのね、」

「うん」

「とーさんがね、」

「うん」

「……いきてたの」

アイナは話した。

親友のシェスフェリアに、父の事を話したのだ。

「おかーさんは、きっとおとーさんをさがしにいきたいんだとおもうの」

「……うん」

「でもアイナがいるでしょ？　だからおかーさんはね、おとーさんをさがしにいけないの」

自分が枷《かせ》となり、母は父を――大切な夫を捜《さが》しに行けないのだ。

「アイナね、おとーさんとあいたいけれど、おかーさんとはなれるのがこわいの。シロウお兄ちゃんとはなれるのがこわいの」

ずっと溜《た》め込んでいた想《おも》いを吐露《とろ》する。

シェスフェリアはアイナを抱きしめ、ずっと話を聞いていた。

アイナの涙が止まるまで、ずっと抱きしめていた。

第九話　訊けなかったこと

シェスの屋敷を後にした俺は、ステラさんの家へ。

アイナちゃんがお友達の家に泊《と》まることになった。

そのことをステラさんに伝えると、

「あの子にそんなお友達が……」

驚き。からの喜び。

アイナちゃんが友達の家に泊まるのははじめてだそうで、ステラさんは涙ぐんでいた。

「少し寂しいですけれど、今晩はピースと寝ることにします」


――にゃ～お。


ステラさんを慰《なぐさ》めるように、黒猫《くろねこ》のピースが鳴いた。

ぴょんとジャンプし、ステラさんの腕《うで》に抱かれる。

「よしよし」

――にゃ～～～お。

ステラさんがピースを撫《な》でている。

いつもと変わらぬステラさんがそこにいた。

「っ……」

脳裏《のうり》に、ギルドから出てきたステラさんの姿が思《おも》い浮《う》かぶ。

あのとき出そうとした手紙は、いまも持っているのだろうか？

「……」

「あら、どうかしました？」

「……へ？」

「そんなに見つめて……わたしの顔になにかついてます？」

ステラさんが恥《は》ずかしそうに身をよじる。

どうやら無意識のうちに見つめてしまっていたようだ。

「いえ、その――と、戸締《とじ》まり！　戸締まりをしっかりしてくださいね」

「うふふ。心配してくれてありがとうございます」

にこりと微笑んだステラさん。

そのまま視線を外へ向ける。

「でも、この町は優《やさ》しい人ばかりですから大丈夫《だいじょうぶ》ですよ。それにとっても平和ですから」

視線の先では、沈《しず》みかけた太陽が町を茜色《あかねいろ》に照らしていた。

「それではシロウさん、おやすみなさい」

「はい。おやす――あ、やっぱ待ってください！」

「……？」

「あー……えっとですね」

「はい」

「……その、寒くなってきたので風邪《かぜ》引かないでくださいね」

ステラさんはきょとんとし、すぐに微笑む。

「シロウさんも風邪をひかないでくださいね。わたしもアイナも心配してしまいますから」

「気をつけます。じゃあ行きますね。おやすみなさい」

「はい。おやすみなさいシロウさん。良い夢を」

ステラさんに見送られ、俺《おれ》はその場を後にする。

けっきょく訊くことができなかった。

『旦那《だんな》さんを捜したいですか？』

ランタンを飛ばしたあの夜から、俺は未《いま》だにその一言を訊けずにいた。

◇◆◇◆◇

ステラさんにおやすみなさい、とか言っておきながら、

「すみませーん。ビールくださーい」

やってきたのは妖精《ギ》の祝福《ルド》の酒場。

シェスがニノリッチに移住することで、自分でも気づかぬうちに気を張っていたらしい。

野盗の一件もあったし、シェスは俺のせいで嫌々《いやいや》ニノリッチに来たのではないか？

という心配もあった。

まあ、杞憂《きゆう》だったわけだけれどね。

それらから解放されたいま、無性《むしょう》にお酒を飲みたくなってしまったのだ。

一人ビールを待っていると、

「シロウじゃないか‼」

突然《とつぜん》、名を呼ばれた。

それも耳元で。

「うわぉっ⁉」

椅子《いす》から落ちそうになりながらも振り返ると、そこにはホバリングするパティの姿が。

耳元で叫ぶものだから、胸が早鐘《はやがね》を打っているぞ。

「……なんだ親分か。やめてよー。心臓が止まるかと思ったじゃん」

「くししっ。悪い悪い」

まったく反省していない顔で、パティがテーブルに降り立つ。

「親分、こんな時間にどうしたの？　というかなんでいるの？　三日前に『ギルドの手伝いで森に入る』って言ってたよね」

町に住む唯一《ゆいいつ》の妖精族《フェアリー》で、ニノリッチの観光大使という役職（無給）に就《つ》いているパティ。

そんなマスコット的な存在でもあるパティだけれども、なにも働いてない《無職な》わけではない。

むしろ逆だ。

パティの造る『妖精の蜂蜜酒《はちみつしゅ》』は高値で売買されているし、街の東に広がる大森林――ジギィナの森。

そのジギィナの森の案内人として、パティは『妖精の祝福《冒険者ギルド》』に度々《たびたび》雇《やと》われている。それも高額で、だ。

『パティのヤツ、下手したらおれらより稼《かせ》いでんじゃねぇか？』

とは蒼《あお》い閃光《せんこう》のリーダー、ライヤーさんの言葉。

一流どころの冒険者よりも稼いでるなんて、パティもやるじゃんね。

「探してた遺跡《いせき》がすぐ見つかってな。ま、あたいが見つけたんだけどさ。それで先にあたいだけ町に戻ることになったんだ」

得意気に語ってみせるパティ。

どうやら未発見だった古代魔法文明時代の遺跡を見つけ、案内人としての役目を果たしたようだ。

報告がてらギルドに立ち寄り、そこで俺の姿を見つけたのだろう。

「それより……アイナはいないのか？」

きょろきょろと辺りを見回したパティが訊いてくる。

「うん。アイナちゃんならシェスの家にお泊まりしてるよ」

「えっ⁉　シェスがもう来たのか？」

シェスと聞き、パティが笑《え》みを浮かべる。

「うん。昼頃《ひるごろ》に到着《とうちゃく》してね。こんど親分も遊びに行ったら？」

「いいな！　そのときはシロウも来るんだぞ。親分の命令だぞ！」

「はいはい。シェスも親分に会いたがってたからね。引っ越《こ》しが落ち着いたらみんなで遊びに行こうか」

「ああ！」

パティが大きく頷《うなず》く。

「アイナがいないってことは、シロウはいま一人なんだな」

「そだよ」

「しょーがないな。ならあたいが一緒にいてやろうじゃないか。ついでにご、ご馳走《ちそう》してやるぞ！」

「え？　親分が？」

「そうだ！」

パティとの付き合いも長くなってきたけれど、こんなこと言われるのははじめてだ。

「その……な、なんだ？　ほら、シロウにはこないだの遺跡で世話になっただろ」

パティの顔がみるみるうちに赤くなっていく。

「だ、だからなっ。そのお礼ってわけじゃないけどさ。シロウに夕食をご馳走してやろうとおもっ——思ってな！」

羽をパタパタさせながら、真っ赤な顔でえっへんとするパティ。

ここまであからさまな照れ隠《かく》しの『えっへん』も珍《めずら》しい。

「お礼？」

「そうだっ。お礼だ！　世話になったら『カンシャをカタチにする』のが只人族《ヒューム》のしきたりなんだろ？」

ナシューの遺跡で、パティは親友だったエレンさんと再会し、そしてお別れをしてきた。

胸の内にずっと抱えてきた未練と後悔《こうかい》を清算できたのだ。

以来、パティは一日一日を全力で、そして大切に過ごしているように見える。

「別に俺はなにもしてないよ。むしろ頑張《がんば》ったのは冒険者たちと、先陣《せんじん》を切ったセレスさんだしね」

ナシューの遺跡で俺がやったことといえば、古代語の翻訳《ほんやく》とビデオ撮影《さつえい》ぐらい。

それ以外では、ひーこら呻《うめ》きながら冒険者の後をついていっただけ。

大したことは一つもしていない。

「でっ、でも……さ。あたいに『エレンとの約束を守れ』って、言ってくれただろ？」

「あー……言ったね」

エレンさんとの再会を躊躇《ちゅうちょ》していたパティ。

俺はそんなパティの背中を、少しだけ押《お》した。

「だろ？　だ、だからそのお礼だっ。カンシャだっ。だから今日はシロウの好きなものを食べさせてやるぞっ！」

パティは真っ赤な顔で手をぶんぶんしながら、夕食をご馳走すると言う。

どうしてもお礼をしたいみたいだ。

となれば、

「わかったよ親分。せっかくだしご馳走になろうかな」

「っ……。ああっ！　あたいがご馳走してやる！　酒も好きなだけ飲んでいいからなっ」

こうして今日の夕食は、親分さまに奢《おご》ってもらうことになった。

◇◆◇◆◇

「シロウ、好きなもの頼《たの》んでくれっ」

「ありがと親分。ならお言葉に甘《あま》えて……よし。これとこれをお願いするよ」

「なんだ、それっぽっちしか食べないのか？　セレスもママゴンももっと食べるぞ？」

「ナチュラルフードファイターなあの二人と一緒にしないで」

「なんだ、ふーどふぁいたーって？」

「めっちゃ食べる人の総称《そうしょう》だよ」

「ふーん」

給仕《きゅうじ》に料理と飲み物を頼む。

ほどなくして、先に頼んでいたビールと一緒に料理が運ばれてくる。

俺は串焼《くしや》き肉のセットで、パティは果実酒と川魚の煮込《にこ》み料理だ。

「さあシロウ、食べてくれ！」

「ありがと親分、それじゃ……いっただき――」

「あっ！　待った！」

「ます……って、どったの親分？」

「カンパイを忘れてた！　カンパイだ、カンパイ。いつもシロウたちがやってるヤツだっ」

パティはそう言うと、果実酒の入った杯《さかずき》を両手で持ち上げる。

その瞳《ひとみ》は、ワクワクでキラキラに輝《かがや》いていた。

「シロウ！　カンパイだ！」

「うん、乾杯《かんぱい》」

パティが持ち上げた杯と、瓶《びん》ビールをこっつんこ。

満面の笑みを浮かべるパティが果実酒に口をつけ、俺もビールを一口。

乾杯するなんて、パティも可愛《かわい》いとこあるじゃんね。

「シロウ、カンパイしたから食べていいぞっ」

「うん。改めていただきます」

まずは串焼き肉にかぶりつく。

肉汁《にくじゅう》が滴《したた》り、塩とスパイスの利いた謎肉《なぞにく》（たぶんモンスターの肉）が口の中いっぱいに広がる。

そこにすかさずビールを流《なが》し込《こ》めば、一日の疲《つか》れも吹《ふ》き飛ぶというもの。

「っぷはぁ～」

「どーだ？　うまいか？　うまいよな？」

「うん。とっても美味《おい》しいよ」

「くししっ。よし、シロウ！　もっと食べていいからなっ」

モグモグしている俺を見て、パティがにんまりにやにやと。

パティのこの顔、さては人に奢るのが初めてだな？

学生の頃《ころ》、人生初のバイト代が入った先輩《せんぱい》が奢ってくれたとき、いまのパティと同じ顔をしていたっけ。

銅貨と銀貨の区別もつかなかったパティが、人にご飯を奢るまで成長するなんて……。

なんだか嬉《うれ》しいじゃんね。

「なあなあ聞いてくれよシロウ！　こないだ蒼い閃光と森にはいったらさ――……」

「ふんふん」

「そしたらキルファがとんでもないものを見つけてさ――……」

「マジで⁉」

「大マジだぞっ。くしししっ。ライヤーもすっごくすっごくびっくりしててな、あたいはネスカにこう言ってやったんだ――……」

子分にご飯を奢る。

そんなシチュエーションに、パティのテンションは天井知《てんじょうし》らずだ。

上機嫌《じょうきげん》になったパティは、その小さい体のどこに入るんだってぐらい料理とお酒を楽しみ、いつになく饒舌《じょうぜつ》になっていた。

「――とまあ、あたいにかかればこんなもんさっ」

えっへんとして、自らの武勇伝を語り終えたパティ。

興奮冷めやらぬのか、鼻息がスピスピと荒《あら》い。あと、お酒で顔も赤い。

斯《か》く言う俺もイイ感じに酔《よ》いがまわっているぞ。

追加の料理とお酒を頼み、一息つく。

会話が一段落したところで、俺はふと、

「そだ。親分に訊《き》きたいことがあったんだった」

ずっと気になっていたことを、パティに尋ねてみることに。

「うん、なんだ?」

「こないだの――ランタンを上げた日のことだけどさ」

「流星祭のランタンか! キレーだったよな!」

「うん。きれいだったよね。そのときにさ……」

俺はパティの耳元に顔を寄せ、こしょこしょと。

「アイナちゃんのお父さんが生きてるって分かったけれど、そのことについてステラさんなにか言ってた?」

パティはアイナちゃんの家に居候《いそうろう》している。

だから訊いてみたのだけれども、

「なにかって……なにをだ？」

「んと、お父さんのことでアイナちゃんと話し合ったりとか……そゆ家族会議的なやつ」

「なんだ、そんなことか」

アイナちゃんとステラさんにとっては、とてもセンシティブな事柄《ことがら》。

なのにパティは、あっけらかんとして。

「あたいさ、祭りのあとアイナとステラに訊いたんだ。『トト《父親》を捜しに行かないのか？』って」

「…………え？　親分ストレートに訊いちゃったの？」

「ああ。訊いたぞ」

「えぇ〜〜〜っ!?　そこはもうちょっと気を遣うとこでしょ！」

「な、なんでだよっ？」

「だってお父さんだよ？　死んだと思ってたお父さん。そんなん他人が触《ふ》れていい話じゃないじゃん！　いや、俺もこっそり親分に訊いてるけどさ、でも……直《じか》はダメだよ〜」

「他人じゃないぞっ。あたいとアイナは親友だ！」

「そゆことじゃなくてー!!」

「じゃあどーゆーことなんだよーっ！」

俺がずっと訊けなかったことを、まさかパティが訊いていたなんて……。

あまりの衝撃《しょうげき》に、パティとわーきゃー言い争いをしていると、

「おん？　なんだ盛り上がってるな」

不意に、横から声をかけられた。

この声は――

「よう、あんちゃん」

声の主は、予想通りライヤーさんだった。

「…………シロウ、こんばんは」

「あっ！　シロウがおいしそーにゃの食べてるにゃ」

ライヤーさんの後ろには、ネスカさんにキルファさん、そしてロルフさんも。

蒼い閃光が揃《そろ》い踏《ぶ》みだ。

一仕事終えてギルドに戻《もど》ってきたのだろう。

「あんちゃん、今日はパティと晩飯か？」

「よくぞ聞いてくれました。なんと今日は親分の奢りなんです」

「なんだってっ⁉　カーッ。子分に奢ってやるなんて、パティもやるじゃないか。なあ？」

ライヤーさんが仲間に同意を求める。

「うんうん。ボクも奢ってほしーんだにゃ」

「…………キルファ、はしたない」

「ネスカ殿の言う通りですよ。キルファ殿、私たちは冒険者の先達《せんだつ》として後進に相応の態度を示す立場なのですから」

「ふにゃ〜ん。わかってるよー」

二人に叱《しか》られ、キルファさんがしょんぼりしてしまった。

仲間の寸劇を見届けたライヤーさんが口元を緩め、俺に顔を向ける。

「あんちゃん、おれたちも一緒《いっしょ》にいいか？」

「もちろんですよ。親分もいいよね？」

「いいぞ。ただし、あたいが奢るのはシロウだけだからなっ」

「わーってるよ……っと」

ライヤーさんが椅子に座り、他のみんなも席に着く。

対面がライヤーさんで、その左隣《ひだりどなり》にネスカさん。

俺の左隣がキルファさんで、右隣《みぎどなり》がロルフさん。

ちなみにパティは身長の関係から、ずっとテーブルにあぐらをかいて座っている。

注文した料理と飲み物が運ばれたところで、本日二度目の乾杯。

「それであんちゃん、盛り上がってたみたいだけどなに話してたんだ？」

さっそくライヤーさんが訊いてきた。

けれども、これはステラさんとアイナちゃんのプライベートな――それこそ他者が触れてはいけない繊細《せんさい》な事柄だ。

アイナちゃんとも親しいライヤーさんたちとはいえ、おいそれと話すわけにはいかない。

「それは……ちょっと俺の口からは――」

「聞いたら驚《おどろ》くぞっ。実はな、アイナのトトが生きてたんだ！」

なのにパティったら、あっさりバラしたじゃないですか。

これには俺もびっくり。

そしてそれ以上に蒼い閃光の四人が驚いていた。

「っ……」

ネスカさんが目を大きくすれば、

「トトって……アイナの父ちゃんのことにゃ？」

キルファさんは身を乗り出して訊いてくる。

その顔は驚き半分、好奇心《こうきしん》がもう半分。

「そうなんだ！　こないだの遺跡で死んじゃったヤツらを呼んだだろ？　そのときにさー

「――……」


こうなってはもう止まらない。

パティは果実酒の入った杯を両手で抱《かか》え、ぐびぐびと喉《のど》を鳴らしては、ぷっはぁ～。

へべれけな顔で流星祭の夜に起こったことを語って聞かせた。

◇◆◇◆◇

アイナちゃんのお父さんが生きている、と知った蒼い閃光の四人は、

「「「「…………」」」」

見事なまでに言葉を失っていた。

たっぷり三分は経《た》って、やっと、

「そうか……嬢《アイナ》ちゃんの親父《おやじ》さんが生きてるのか」

ライヤーさんが呻くように零した。

飢饉《ききん》に病気に戦争。山賊《さんぞく》に海賊《かいぞく》にモンスター。

日本に比べ、この世界で死はずっと身近なもの。

そんな中、戦争に行ったアイナちゃんのお父さんが生きていたということは、それ自体

が奇跡《きせき》にも等しい。

「びっくりですよね」

「ああ、そうだな」

ライヤーさんは一度頷《うなず》くと、

「で、パティが『捜しに行かないのか？』って訊いちまったと」

パティにジト目を向けた。

「な、なんだよっ。ダメか？　ダメなのか？」

「ダメっつーかよ、ちぃと無神経だったな」

ライヤーさんの言葉に、パティを除いた全員がうんうんと頷く。

追い打ちをかけるように、ロルフさんも口を開いた。

「いまのステラ殿には、少々酷《こく》な質問ではありましたね」

これまた全員がうんうんと。

ライヤーさんが呆《あき》れ、ロルフさんは厳しい顔。

みんなの冷ややかな反応に、パティがわたわたと慌《あわ》てはじめる。

「どーしてコクなんだよっ？」

「まあまあ、いったん落ち着くにゃ」

キルファさんが、ドンマイとばかりにパティの背をぺしぺし叩《たた》く。

次いで、

「それよりアイナの母ちゃんはなんて答えたんだにゃ？」

その質問に、みんなの視線がパティに集まる。

「ステラは……」

パティはばつが悪そうな顔で、ぽつりと。

「ステラは、捜しに行かないって、そう言ってた」

第一〇話　理由

「捜《さが》しに行かない、か。それってやっぱり――」

蒼い閃光の四人と顔を見合わせる。

ライヤーさんは頷くと、

「嬢ちゃんがいるから、だろうなぁ」

俺の言葉を引き継《つ》いだ。

「…………シロウ、ステラとアイナはどこの国から移住してきたの？」

ネスカさんが訊いてくる。

「アプトス共和国、と言っていました。地図を見ましたけれど、すごく遠いところでした」

「…………そう」

「小《ち》っちゃいアイナを連れて旅してきたにゃんて、ステラもすごいんだにゃ」

「母は強し、ですよね」

ステラさんの旦那さんへの想いは、とても強いものだった。

そしてアイナちゃんへの想いは、それ以上なのだ。

「アイナがいると、なんで捜しに行けないんだよ？」

唇《くちびる》を尖《とが》らせたパティが訊いてくる。

「だ、だってトトが生きてたんだぞ。なら『捜しに行こう』って、そう思うのがふつーだろっ？」

パティの考えは尤《もっと》もだ。

亡《な》くなったと思っていた大切な家族が、どこかで生きている。

なら捜しに行こうと、捜しに行かないとと、そう考えるのが当然だろう。

けれども――

「パティ殿、そのように行動できるのは己《おのれ》を縛《しば》る枷がない者のみなのですよ」

「カセ？」

ロルフさんは諭《さと》すような声音《こわね》で続ける。

「はい。枷です。この場合はアイナ嬢がステラ殿の枷となります」

「アイナがそのカセだってのか？」

「そうです」

いまいちピンとこないのか、パティが首を傾《かし》げている。

そんなパティを見て、ライヤーさんが頭を掻《か》く。

「そういやパティは、ニノリッチしか知らないんだったな」

「あと王都も知ってますよ。こないだ俺と一緒に行きましたから」

「おっとそうだった。でも只人族《ヒューム》の国で本格的な旅をしたことはないんだろ？　国境を跨《また》いだりよ」

「そ、それがなんだってんだよ！」

「まあ聞け。いいかパティ？　旅ってのはな、すんげ～大変なんだぞ。なかには強盗《ごうとう》や殺しが日常の一部って町もある」

「っ……」

パティが驚いた顔をする。

平和なニノリッチでも、野盗の出現で大騒《おおさわ》ぎになったぐらいだもんね。

そんなのが日常の一部とか、恐怖《きょうふ》でしかない。

「……パティ、あなたが考えているよりもずっと世界は広い。わたしたちがいる大陸ですら、数えきれないほどの種族が存在する」

ネスカさんが顔を上げ、テーブルの上にいる弟子《パティ》を見つめる。

「……パティたち妖精《ようせい》族に、只人族、獣人《じゅうじん》、エルフ、ドワーフ、蜥蜴《とかげ》人と六肢族に鬼《き》

ガーン

人《じん》。他にも多くの種族があり、それぞれが国や都市、集落を築いている」

「うんうん。只人族の国だけでも両手両足じゃ足りないぐらいあるんだにゃ。そんで危ない国だと、五つに一つぐらいはライヤーが言ったみたいなヤバイ町があるんだにゃん」

ネスカさんが説明し、キルファさんが補足する。

そんな世紀末みたいな町、俺なら絶対行きたくない。

「もちろんアイナのおっかさんにはよ、旦那の居場所に多少の当てぐらいはあるだろうよ。兵として駆《か》り出されたって話だし、戦争相手の国とかな」

ライヤーさんそこで一度区切ると、真面目《まじめ》な顔で続ける。

「でもよ、それでも嬢ちゃんを連れて捜しに行くには無理がある」

「な、ならアイナをニノリッチに置いていけばいいだろっ。あたいも――それにシロウもいるんだし！」

「仮にアイナ嬢を置いていくとしましょう。ですがもし旅先でステラ殿が命を落としてしまったらどうです？」

「っ……。それは――」

想像してしまったのだろう。

パティの顔が青くなる。

「ええ。アイナ嬢は天涯孤独《てんがいこどく》の身となってしまいます」

「だ、だったらあたいが一緒についてくぞ！　ゴエー《護衛》するぞ！」

「妖精族であるパティ殿が同行すれば、事件に巻き込まれる危険性がより高まることでしょう」

「っ……」

妖精族の希少性は、嫌《いや》というほど教えられてきたパティだ。

自身の存在が、大切な人《ステラさん》を危険に晒《さら》してしまう。

そんなこと、優しいパティに耐《た》えられるはずがなかった。

「まあ、ちぃと大袈裟《おおげさ》に言ったがよ。おれたち冒険者でも国を跨ぐ旅は大変なんだ。アイナのおっかさんじゃ、もっとだろうよ」

「……」

「むしろ、よく小っこい嬢ちゃんを連れてニノリッチまで辿《たど》り着けたもんさ。それだけでも奇跡みたいなもんだぜ。なぁ？」

ライヤーさんが仲間に同意を求める。

「奇跡はめったに起きないから奇跡って言うんだにゃん」

「……」

みんなから旅の危険性を教えられ、とうとうパティは言葉を失ってしまった。

わかってはいた。わかってはいたのだ。

この世界は日本と違《ちが》い、交通インフラはもちろん、遠方地との連絡《れんらく》手段だって整っていない。

一度離《はな》れてしまうと碌《ろく》に連絡も取れず、手紙を出すにも大金が必要だ。

その手紙だって、必ず届くという保証はない。

町に入るたびに税を徴収《ちょうしゅう》されるものだから、おカネがいくらあっても足りないし、街道《かいどう》にはモンスターや野盗が待ち構えている。

この世界でどこにいるのかも分からない人を捜すのは、文字通り命がけの旅となるのだ。

アイナちゃんを大切に想《おも》うステラさんだからこそ、リスクを取れるはずがない。

だから「捜しに行かないのか？」というパティの問いに対し、ステラさんは「行かない」と、そう答えたのだ。

「わかったかパティ？　アイナのおっかさんはよ、旦那を捜しに行かないんじゃなくて、行けないんだ」

この言葉がトリガーとなったようだ。

パティの顔がくしゃりとなり、

「……そっか。あたいはステラに酷《ひど》いこと言っちゃったんだな」

溜《た》まっていた涙《なみだ》が、ぽろぽろと零《こぼ》れはじめた。

まるで叱られた子供だ。

お酒が入り、感情の揺《ゆ》れ幅《はば》が大きくなっているのかも。

「泣かないでよ親分」

「シロウ……。そんなこと言って、シロウもあたいを叱る気なんだろ？　アイナみたく『メッ』って」

「俺は叱ろうだなんて思ってないよ。そりゃ親分がストレートに訊いてたのは驚いたけれどね」

「……ホントに叱らないのか？」

「ホントだよ。それにね、ここだけの話、俺もずっとステラさんに訊くべきか悩《なや》んでいたんだ」

「そ、そうなのか？」

「うん」

「だから正直、親分が訊いてくれて胸のつっかえが取れた気分だよ」

そう言い、ハンカチを差し出す。

ハンカチを受け取ったパティは、まず涙を拭《ふ》いて、それから「ちーんっ」と鼻をかむ。

ハンカチは洗濯機《せんたくき》行きになったけれど、パティの涙は止まったみたいだ。

「ま、訊くタイミングは早かったけどな。せめてあんちゃんに相談してからにするべきだったな」

「そこはほら、俺の親分は考えるよりも心で動くタイプですから」

冗談《じょうだん》めかして言うと、やっとみんなに笑顔《えがお》が戻って来た。

「……って、ちょっと待て。あんちゃんもおっかさんに訊こうとしてたのか？」

お酒を飲もうとしていたライヤーさんの動きが、ぴたりと止まる。

「ええ。親分に先越されちゃいましたけれどね。俺もステラさんと話そうと、ずっとそう思っていたんです」

俺《おれ》はビールの瓶を握《にぎ》る。

「よし。親分のおかげで踏《ふ》ん切りがついた。こんどステラさんと話してみるよ」

そう宣言すると、俺はビールを一気に飲み干すのだった。

第一一話　宮廷《きゅうてい》料理人　前編

翌日も俺は妖精の祝福に来ていた。

アイナちゃんはシェスに町を案内するとのことで、本日は俺一人。

昼食を用意する必要がなかったので、ギルドの酒場でランチタイムというわけだ。

まあ、

「ジャイアント・ボアのあぶり焼きを六皿。ホーン・ラビットのシチューを八皿。ロック・バードの香草焼きを五皿持ってきてくれ」

「私も同じものを。すあま、貴女《あなた》はなにを食べますか？」

「おにくぅー!!」

「娘《むすめ》にはマーダー・グリズリーの串焼きと煮込み、それにキノコと野菜の盛り合わせを五皿ずつ頼みます」

「やさい、いやぁー」

「いけませんよ。主様も野菜を食べなさいと、そう命じられていたでしょうに」

「ぶぅーっ」

「わかりましたね。主様は何をお食べになりますか？」

「あ、日替《ひが》わり定食で」

「聞きましたね。主様の食事を最優先でお持ちなさい」

一人のつもりが、セレスさんとママゴンさん（おまけですあま）コンビに捕《つか》まり、騒《さわ》がしいランチになってしまったけれどね。

野盗撲滅《ぼくめつ》大作戦の折に活躍《かつやく》してくれた二人には、以降も街道の見回りをお願いしてある。町の平和のために日々頑張ってくれている二人を見て、やっと俺も快くご馳走できるというものだ。

たとえそれが、マーダー・グリズリーやジャイアント・ボア、あろうことかロック・バードなどの、一流冒険者《ぼうけんしゃ》でもめったに口にできない高級食材を使った料理だとしても。

「追加を持ってこい」

「こちらにもおかわりを」

「おにくぅー！」

「わーお。まだ食べるんですね」

みんなで食事していると、

――バタンッ。

ギルドの扉《とびら》が開かれ、三〇人ほどがぞろぞろとギルドに入って来た。

先頭にいたのは、

「シェスちゃん、ここが冒険者ギルドだよ」

まさかのアイナちゃんだった。隣《となり》にはシェスの姿も。

シェスの背後には侍女《じじょ》をはじめ、使用人たちも付き従っている。

どうやらシェスだけではなく、お付きの者たちにも町を案内することになったようだ。

どうして冒険者ギルドに？　などとは思うまい。

冒険者ギルドは、言うなれば町の何でも屋さん。

遺失物捜しから部屋の掃除《そうじ》。害虫に害鳥に害獣《がいじゅう》の駆除《くじょ》。

なにより手紙を出したければ、必ずギルドに依頼《いらい》することになる。

それを理解しているからこそアイナちゃんは、みんなをギルドへ連れて来たのだろう。

「ここのごはんはね、とってもおいしいんだよ」

「そうなの？」

訊き返すシェスに、アイナちゃんは自信を持って頷《うなず》く。

「うん。いろんなお店があるけどね、アイナはここがいちばんすき」

アイナちゃんは酒場の料理が美味しいと、そうシェスに教えていた。

これには厨房《ちゅうぼう》にいる料理長もにっこり。

給仕の子たちと一緒に顔をほころばせ、フライパンを振《ふ》っているぞ。

しかし――

「ハッ。こんなむさ苦しい場所の料理がうまいだと？」

これを鼻で笑う者が現れた。

「おい辺境の娘。お嬢様《じょうさま》にこのような場所の料理を薦《すす》めないでもらおうか」

シェスの供回りの一人。

三〇代くらいと思われる男性が、アイナちゃんに居《い》丈高《たけだか》に言い放つ。

「え、でも……」

「お嬢様がお口にする料理は、全《すべ》てこのローレンがお作りするのだ。そもそもこのような辺境にいる料理人に、お嬢様のお口に合うものを出せるわけがないだろう」

「ローレン！」

シェスから叱責《しっせき》が飛ぶが、ローレンなる料理人は黙《だま》らない。

「お嬢様も耳を貸してはなりませんよ。まったく、お嬢様《じょうさま》が興味を持たれたらどう責任を取るつもりだ」

ローレン氏の発言に、侍女をはじめ使用人たちもうんうんと。

責められているアイナちゃんは、いまにも泣き出しそうな顔をしていた。

良かれと思ってギルドの料理を紹介《しょうかい》したのに、まさか責められることになるなんて。

これには俺もカチンときたぞ。

見れば酒場で働く給仕の子や、いつもここでご飯を食べている冒険者たちもご立腹の様子。

ローレン氏の発言のせいで、ギルド内が殺気立ってしまった。

セレスさんとママゴンさんの顔も険しい。

特に料理長なんて、振っていたフライパンを脇《わき》に置き、代わりに包丁を握りしめていた。

料理長は元冒険者。

このままでは事件の予感。

仕方がない。

ならばここは俺が代表して物申そう。

「さすがに言い過ぎではありませんか?」

席を立ち、シェスたちの方へ歩いて行く。

「アマタ！」

「シロウお兄ちゃん……」

「お前は……ああ、お嬢様の」

俺に気づいたローレン氏が、フンと鼻を鳴らす。

「私は間違《まちが》った事を言ってはいないぞ。お前もわかっているだろう。お嬢様の口にこんなところの料理が合うわけがない、と」

「それはシェスが決めることであって、あなたが決めることではないのでは？」

「くくっ。何を馬鹿《ばか》な事を。万が一にもお嬢様が口にして、体調を崩《くず》されたら大変ではないか」

ローレン氏は肩《かた》をすくめ、やれやれと首を振る。

「この町には、王都でも滅多《めった》にお目にかかれない高級食材を使った料理もあるんですけれどね」

「だからなんだと言うのだ？　珍《めずら》しい食材があったところで、料理人の腕《うで》がヘボでは意味がないだろう」

視界の端《はし》で、料理長が大きく振りかぶる。

握った包丁を投擲《とうてき》しようとしているぞ。

なのにローレン氏は、自分の命が風前の灯火《ともしび》であることに気づいてもいない。

俺はさり気なく射線上に入り、ローレン氏の命を守る。

だが、どうしたらいいのだろう？

料理長だけでなく、多くの冒険者がローレン氏に殺気を――いや、むしろ殺意を向けている。

俺はローレン氏の窮地《きゅうち》を救うため思考を巡《めぐ》らし、やがて。

「わかりました。そこまで言うのなら勝負しませんか？」

「勝負、だと」

「ええ。料理勝負です」

ローレン氏に料理勝負を挑《いど》むことに。

勝負、という名目があれば、少なくともその日までローレン氏の命を繋《つな》ぐことができるからだ。

「宮廷料理人だった私が、辺境の料理人もどきと勝負しろと？」

視界の隅《すみ》で、料理長が射線を確保するために移動を開始する。

俺も合わせて移動。射線を潰《つぶ》す。

「いえ、こちらの料理長は日々冒険者のお腹《なか》を満たすのに忙《いそが》しいでしょうから、代わりの者を立てます」

「ほう。誰《だれ》が私と勝負するのだ？」

「この俺と――そちらにいるアイナちゃんの二人で」

「えっ⁉」

突然《とつぜん》の指名にアイナちゃんだけではなく、冒険者たちも驚いていた。

「アイナちゃん、俺と一緒に料理してくれる」

「シロウお兄ちゃん……。でもアイナお料理へたっちょだよ？」

「あはは。それを言うなら俺も特に上手《うま》いわけではないよ。それでどうかな。手伝ってくれる？」

アイナちゃんは不安げな顔をする。

けれども厨房で料理長がサムズアップし、給仕《きゅうじ》の子たちが「がんばれー」と声援《せいえん》を送り、シェスがその背を叩き、やがて――

「ん、アイナがんばる」

アイナちゃんはふんすと気合を入れた。

「お前と辺境の娘が相手だと？　お前……宮廷料理人だった私を侮辱《ぶじょく》するつもりか」

ローレン氏が目を細め、射貫くような視線を俺に向ける。

「侮辱？　まさか。俺はいつだって本気ですよ。で、どうでしょう。勝負してもらえますか？」

「ふんっ。馬鹿馬鹿《ばかばか》しい。お前の下らん遊びに付き合うつもりなどない」

踵《きびす》を返し、ローレン氏はギルドから出て行こうとする。

しかし——

「ローレン、やりなさい」

「お嬢様⁉」

シェスが——主人がそれを許さなかった。

「きこえたでしょ？　これはメイレイよ。アイナたちと料理でショーブしなさい！」

「くっ……。わかりました」

ローレン氏の肩がわなわなと怒りで震《ふる》えている。

「お嬢様のご命令ならば仕方がない。……いいだろう。宮廷料理人だった私が、お前たち辺境の田舎者《いなかもの》に真の料理を教えてやる！」

キレ気味に叫《さけ》ぶローレン氏。

これに冒険者たちがブーイング。それはもう盛大にブーブーと。

完全にアウェイだが、ローレン氏はまるで怯《ひる》まない。

「お前、名はアマタだったか。勝負はいつだ？」

「いますぐはじめてもいいですが……ローレンさんにもメニューを考える時間が欲《ほ》しいでしょうからね。明日の昼、というのはどうです？」

「いいだろう。勝負の方法は？」

「互《たが》いに一品ずつ作りましょうか。公平を期すために、審査員《しんさいん》はそちらから三名。こちらから三名。それとシェスにお願いする、ということでどうですか？」

「お嬢様にお前たちの料理を食べさせるだとっ？」

「あたしはかまわないわ」

「っ……。わかった。お嬢様もこう仰《おつしや》っているのだ。それでいい」

なんとか取り繕《つくろ》ってはいるものの、シェスへの不満が丸わかり。

宮廷料理人だった自分がどうしてこんな田舎に、という怒りが透《す》けて見えていた。

「こちらで用意する食材などはありますか？」

「不要だ。マゼラから輸送したものがあるからな」

「わかりました。勝負は明日の昼。キッチンがある場所でとなると……」

「どこであろうと構わんぞ。私は王都からの道中、移動式の簡易調理場《キッチン》で毎日お嬢様のお食事を作っていたのだからな」

「なるほど。場所は問わないということでしたら、町の広場で行いましょうか。あそこなら俺たちの料理勝負を町の人たちにも見て貰《もら》うことができますからね。きっと盛り上がりますよ」

「自分が負けるところを見せたいなど、変わった趣味《しゅみ》を持っているな。だが町の者が集まるのなら、なお好都合だ」

ローレン氏が、馬鹿にしたような笑《え》みを浮《う》かべる。

「明日は田舎者共に真の料理を見せてやろう！　あーっはっはっは!!」

こうして俺は、宮廷料理人だったローレン氏と料理対決をすることになった。

料理長は、ギリギリまで包丁を投擲しようとしていた。

第一二話　宮廷《きゅうてい》料理人　後編

翌日の正午。

俺が元宮廷料理人と勝負すると聞き、町の中心――広場には多くの人が集まっていた。

噂《うわさ》を聞きつけた町の住民たちに、昨日現場《ギルド》にいた冒険者。

顔見知りの商人から、通りかかった観光客まで。

お祭りさながらの賑《にぎ》わいだ。

きっと、仕事を放《ほう》り出して来たんだろうな。

酒場の料理長に給仕の子たちまでいた。

彼《かれ》、彼女《かのじょ》ら全員がアイナちゃんの顔がプリントされた、お揃《そろ》いのTシャツを身に着けている。

給仕の子と肩を組んだ詩織《しおり》と沙織《さおり》も同じものを着ていることから、Tシャツの出どころは妹たちだろうな。

そんなアイナちゃんTシャツを、審査員席に座《すわ》ったシェスがチラリチラリと羨《うらや》ましそうに見ていた。

広場に用意した長テーブルと椅子《いす》。

そこに審査員たちが着席し、勝負のはじまりを待っている。

今回の料理勝負にあたって審査員を務めるのは七人。

まずは豪商の娘であるシェス。

シェスに付き従う侍女から三人。

彼女らは貴族出身（もちろん秘密）だから、食にも通じているそうだ。

ニノリッチからも三人。

一人目は、

「このようなイベントの機会を得たことを、町長として嬉《うれ》しく思う」

公務の合間を縫《ぬ》って駆けつけてくれたカレンさん。

忙しいのに、町の皆《みな》が楽しめるのなら、と快く引き受けてくれた。

二人目は、

「わたくしのギルドが侮辱されたことは一度忘れ、審査《しんさ》は公平にさせて頂きますわ。ええ、侮辱されたことは忘れて」

妖精の祝福のギルドマスター、ネイさん。

ネイさんは元貴族なので、こちらも審査員として妥当《だとう》な選出だろう。

そして最後の一人は、

「僕《ぼく》はデュアン・レスタード。シロウ君とアイナ嬢《じょう》の友人だからといって、贔屓《ひいき》はしないので安心して欲しい」

騎士《きし》のデュアンさんだ。

デュアンさんが挨拶《あいさつ》すると、集まった女性たちからわーきゃーと歓声《かんせい》が上がる。

シェスの後方に控《ひか》えているルーザさんも、頬《ほお》を染めて熱い視線を送っていた。

イケメンに夢中なう。

「フンッ。宮廷料理人を務めていた私を相手に、逃《に》げずに来たことは褒《ほ》めてやろう」

広場の中央で、そんな悪役っぽいセリフを言ってくれたのは、元宮廷料理人のローレン氏。

冒険者から降り注ぐブーイングをものともせず、威風堂々《いふうどうどう》と立っている。

その佇《たたず》まいは、まるで頑固《がんこ》なラーメン店主。

宮廷料理人というワードをこれでもかと強調してくる辺り、プライドの高さが窺《うかが》い知れた。

彼の前方には仮設キッチン。背後には二人の青年が待機している。

ローレン氏と同じ格好をしているのを見るに、彼の部下なのだろう。

対する俺は、

「ローレンさん、今日はよろしくお願いしますね」

「よ、よろしくおねがいします」

アイナちゃんと共に、キッチンカーの中にいた。

「……それがお前の厨房というわけか？」

キッチンカーを見上げ、ローレン氏が訊《き》いてくる。

「ええ。なかなかのものでしょう」

キッチンカーの中で両手を広げ、俺は誇《ほこ》らしげに答えた。

このキッチンカーは、一日五〇，〇〇〇円でレンタルしてきたものだ。

昨日専門店でレンタルしたキッチンカーを、監視《かんし》カメラと人気《ひとけ》のない場所でえいやと空《くう》間収納《かんしゅうのう》。

ばーちゃんの家からこちらにログインし、今朝方よいしょと広場に駐車《ちゅうしゃ》。

内部にはガスコンロに作業台。給水タンクに排水《はいすい》タンク。小型の冷蔵庫までついている。

日本で飲食業をはじめようとすると、営業許可や様々な手続きが必要になる。

キッチンカーを使った商売も同様だ。

けれどもここは異世界。

自由とスローライフと老若男女《ろうにゃくなんにょ》すべての夢が詰《つ》まった異世界なのだ。

キッチンカーがあれば、面倒《めんどう》な手続きを全てすっ飛ばして飲食物を他者に提供することだってできる。

レンタルしたものとはいえ、こうして中にいると一国一城の主になった気分になるから不思議だよね。

「ああ。正直に言って、これほどの簡易調理場は王都でも見たことがない」

キッチンカーの効果か、ローレン氏から昨日のような嘲《あざけ》りが消えていた。

「だが、いくら厨房が良くても料理の腕が伴《ともな》っていなければ意味はないぞ」

「そこは精一杯《せいいっぱい》がんばりますよ」

「フンッ。多少は期待してやる。でないと張り合いがないからな」

ローレン氏がにやりとし、俺もにやりと返す。

ライバルっぽくてとてもワクワクするじゃんね。

双方《そうほう》の準備が整ったところで、

「それでは料理スタートなんですよぅ!!」

司会進行役を買って出たエミーユさんが合図を出した。

特別手当が出るとのことで、大いに張り切っている。

「よーし。やるよアイナちゃん」

「ん、がんばろうね。シロウお兄ちゃん！」

アイナちゃんはお野菜担当。

包丁で野菜をゆっくりと、けれども丁寧《ていねい》に切っていく。

アイナちゃんは、最近ステラさんに料理を教わっているそうだ。

『いつかね、アイナのお料理をたべてもらうの』

そう言い、はにかむように微笑《ほほえ》んだアイナちゃん。

「んしょ……んしょ」

真剣《しんけん》な顔で野菜を切り分けている。

そんなアイナちゃんを横目で見ながら、俺は思った。


——アイナちゃんは、お父さんに食べてもらいたいんだろうな。


包丁を握るアイナちゃんに、俺は心の中で。

お揃いのＴシャツを着た料理長たちは大声で。

「「アイナちゃんがんばれーーーーーっ!!」」

アイナちゃんを応援《おうえん》するのだった。

◇◆◇◆◇

先に料理が完成したのは、ローレン氏だった。

「どうぞお嬢様」

丸皿に、綺麗《きれい》に盛り付けられた肉料理。

皿の中央には一〇〇グラムほどのお肉。

花を模した葉野菜が添《そ》えられ、円を描《えが》く紫色《むらさきいろ》のソースが彩りを豊かにしている。

一皿の料理なのに、まるで芸術作品のようだ。

控えめに言って、とても美味《おい》しそう。

ただ、

「本日の料理はアース・バイソンのソテーです。こちら、一頭から僅《わず》かしか取れない希少部位を使用しておりまして、軟《やわ》らかさと弾力《だんりょく》のバランスが――……」

頼《たの》んでもいないのに、ローレン氏が自作料理について語り出した。

やれこの希少部位はどうだとか、付け合わせの葉野菜の拘《こだわ》りはこうだとか。

「——というわけでして、シンプルながらも奥深《おくぶか》い作りに……おっと。これはいけない。話が長くなってしまいましたな。どうぞご賞味ください」

そして語り終える頃《ころ》には、せっかくのお肉が冷めてしまっているようだった。

なんともったいない。

「いただくわ」

まずはシェスがお肉を一口。

それを見届けてから侍女たちが。

同じタイミングでカレンさんたちが。

ローレン氏の料理の腕と、アース・バイソンの希少部位なるお肉。

この二つが合わさった結果、冷めてもなお美味しかったようだ。

「おいしい！」

「さすが宮廷料理人だったローレンね」

「王都でもこれほどのものはなかなか……」

侍女たちは大絶賛。

他の審査員たちも、みな口元を綻《ほころ》ばせていた。

「次はお兄さんとアイナの番なんですよぅ」

エミーユさんから声がかかり、俺とアイナちゃんは頷き合う。

「シェスちゃん、どーぞ」

アイナちゃんがシェスの前に料理の載ったお皿を置く。

俺も他の審査員の前に料理を置いていく。

瞬間《しゅんかん》、

「「「っ……」」」

料理を見た審査員たちの顔が曇《くも》った。

侍女たちに至っては、解《わか》りやすく眉《まゆ》をひそめているぞ。

「ねえ、アマタ。この料理って……」

シェスが訊いてくる。

「うん。見ての通り串焼《くしや》き肉だよ。ホーン・ラビットのね」

俺とアイナちゃんが用意した料理。

それはただの串焼き肉。

食べやすいようにひと口サイズにカットしたお肉を、串《くし》に刺《さ》して焼いたものだ。

「っ……」

シェスが言葉を失ってしまう。

こんな料理じゃフォローのしようがない、そんな顔をしていた。

「シ、シロウ！　なぜこの料理を選んだのだっ⁉」

カレンさんなんか、もう顔が真っ赤。

「いや、だってニノリッチの伝統ある料理ですし」

「そ――それはそうだが。だからといってこの場で出さなくてもいいではないか！」

ホーン・ラビットの串焼き肉は、ニノリッチの名物で伝統料理だ。

ただし、歴史があるだけで特に美味しいわけではない。

事実、俺がはじめてこちらの世界で口にした料理が串焼き肉だったわけだけれど、ろくに塩も振られてなくてガッカリしたっけ。

自分の町の伝統料理がただの串焼き肉だから、カレンさんは恥《は》ずかしさで顔を赤くしているのだ。

初代町長のエレンさんから受け継《つ》がれているものなのだから、胸を張ってもらいたいのだけれどね。

「さあ、冷めないうちに召《め》し上がってください」

「……わかったわ」

シェスが串焼き肉を口に運ぶ。

もぐもぐと咀嚼《そしゃく》して、

「……」

そのまま俯《うつむ》いてしまった。

カレンさんとネイさん、デュアンさんに侍女たちも食べたけれど、特に感想はなし。

表情を見る限り、悪い意味でなにも言えないようだった。

「「「……」」」

串焼き肉の登場で、先ほどまでのお祭り感はどこへやら。

広場はなんだかお通夜《つや》のような空気になってしまった。

「……おい、こんなものがお前の料理なのか？」

そう訊いてきたのはローレン氏。

「筋も切らず形も不揃《ふぞろ》い。そんな肉をただ焼いただけのものが、お前の料理だと言うのか？」

ローレン氏の声音《こわね》に、失望の色が混ざる。

キッチンカーを見たときは、あんなにもライバルっぽい雰囲気《ふんいき》を出してくれていたのに。

「ええ。そうですよ」

「っ……。フンッ。所詮《しょせん》は辺境か。こんなものを料理と呼ぶなん――」

「ただし、まだ完成していませんけれどね」

「なに？」

俺は不敵に笑い、キッチンカーへ戻《もど》る。

中では、すでにアイナちゃんが材料を揃えていた。

「シロウお兄ちゃん、いつでもつくれるよ」

「ありがと。それじゃ……やるよ！」

「ん！」

「まず卵から黄身だけ取り出して……」

卵を割り、卵黄《らんおう》を取り出してボウルへ。

「アイナちゃん、オリーブオイルを取ってもらえる？」

「はい。あとビネガーもあるよ」

「さすが。黄身にオリーブオイルとビネガーを混ぜて……っと」

追加でオリーブオイルとお酢《す》を入れ、かき混ぜていく。

お酢独特の匂《にお》いが周囲に広がっていき、それを嗅《か》いだ冒険者の一人が、ぽつりと。

「これは……ビネガーの匂いか？　っ⁉　ま、まさか商人の旦那《だんな》はアレ、アレを作ろうとしているのかっ！」

「アレ？　アレってお前……ああっ！　アレのことかっ‼」

「オイオイオイ、大将はあのヤバイやつを作ってるってのか？」

「なんだとっ⁉　あの伝説のソースが蘇《よみがえ》るのか！」

冒険者たちは、こちらを指さしざわざわと。

これに戸惑《とまど》う住民のみなさん。

なんだなんだ、いったい何を作っているのだと、奇異《きい》の目でこちらを見ている。

「混ざったな。あとは塩を入れて……できた！」

念のため味見をペロリと。

「よし！」

完成したボウルの中身を瓶《びん》に移し、アイナちゃんに渡《わた》す。

「アイナちゃん、お願いしていい？」

「うん！」

瓶を受け取ったアイナちゃんが、トトトと小走りでシェスの下へ。

瓶の中身を匙《さじ》ですくい、シェスのお皿へ落とす。

続いて他の審査員のお皿にも。

「シェスちゃん、さっきのお肉をね、これにつけて食べてみて」

「アイナ……。ん、わかったわ」

シェスが再び串焼き肉を手に取る。

アイナちゃんが載せたクリーム色のソースにちょんちょんとつけ、恐《おそ》る恐る口に運ぶと——

「っっっっ⁉」

その目が驚《おど》ろきで見開かれた。

「なにこれ？　え？　え？　なにこれ！　なんなのよこれ‼」

シェスは興奮気味に叫ぶと、お皿に残っているソースを限界まで串焼き肉につけ、口へと運び、

「アイナ！　このソースはなに？　こんなおいしいソース、王都でもたべたことがないわ！」

瞳《ひとみ》をキランキランに輝《かがや》かせた。

「シェスちゃん、いまおいしいっていった？」

「いったわよ！　すごくおいしいわ！　串焼き肉だけのときはガッカリしたけれど、この

ソースがあればいくらでもたべられるわ！」

「やったぁ！」

親友の絶賛に、アイナちゃんはぴょんぴょこ跳《と》びはねる。

見れば、シェスの串焼き肉はもうなくなっていた。

ぺろりと平らげてしまったのだ。

「アイナ、このソースはなんなの？　なんというソースなの？」

シェスがアイナちゃんの肩を掴《つか》む。

アイナちゃんはシェスの勢いに気圧《けお》されながらも、

「このそーすはね、『まよねーず』っていうんだよ」


――マヨネーズ。


そうなのだ。

俺《おれ》とアイナちゃんが作ったソースの正体は、マヨネーズ。

卵とお酢、それとサラダ油と塩があれば簡単に作れてしまうものだ。

けれども――

「まよねーずですってっ⁉」

次に声を上げたのはネイさんだった。

勢いよく立ち上がったものだから、その拍子《ひようし》に椅子が倒《たお》れてしまっている。

「シロウさん、貴方《あなた》はまたまよねーずを、あの禁忌《きんき》のソースを作ったのですか！」

「すみませんネイさん。ですが宮廷《きゆうてい》料理人だったローレンさんと真っ向から勝負するには、マヨネーズしか思いつかなかったんです」

「だからといって、なんてものを……」

ネイさんはお皿に盛られたマヨネーズを見て、口元を押《お》さえている。

「知っているのかネイ殿？」

そう聞いたのはカレンさん。

カレンさんは串焼きに肉に少しだけマヨネーズをつけ、すんすんと匂いを嗅いでいる。

「はい。シロウさんは一度だけ、ギルドでまよねーずを――この禁忌のソースを作ったことがあるのです」

「禁忌のソース……だと？」

「そう。禁忌。このまよねーずは、禁忌以外の何物でもありませんわ」

ネイさんがぶるりと身を震わせる。

「ギルドの者たちは皆、まよねーずのあまりの美味しさに虜《とりこ》となり、中毒 症状《しょうじょう》を起こす者が現れはじめたのですわ」

うんうんと頷く冒険者《ぼうけんしゃ》たち。

なかにはヨダレを垂らしている人も。

「ですが材料には、生の卵も含《ふく》まれておりますの。生の卵を食べてはいけない。幼子でも知っている常識ですわ」

こんどは住民の皆さんがうんうんと。

地球でも生卵を食べる習慣がある国は少ない。

それこそ、日本やフランスなどの卵に対する厳しい衛生基準が整っている国ぐらいだろう。

「ですがギルドの皆は、まよねーずを求めるあまり、見よう見まねで作りはじめたのですわ。……腹痛を起こす者が後を絶たず、依頼《いらい》は停滞《ていたい》。冒険者ギルドとして崩壊《ほうかい》寸前まできましたの」

「そんなことが……」

誰も知らなかったギルドの危機に、カレンさんが戦慄《せんりつ》する。

殺菌《さっきん》作用のあるお酢《ビネガー》の分量を間違えると、菌《きん》が残ったままになってしまい、食中毒を起こしてしまう。

結果として、マヨネーズの再現を試みてお腹を壊《こわ》す者が続出。

以降、ギルドではマヨネーズを『禁忌指定』し、俺もこれ以上の犠牲者《ぎせいしゃ》を出さないために自ら封印《ふういん》することに。

だが今回に限り——ローレン氏との料理勝負に限り、封印を解き再びマヨネーズを披露《ひろう》したのだった。

思《おも》い焦《こ》がれていた禁忌《マヨネーズ》のソースが、目の前に。

かつてマヨネーズを口にしたことがある冒険者たちにとっては、生殺しにも等しい行為《こうい》だろう。

見開いた目から涙《なみだ》を流し、

「まよねーずを……まよねーずを……」

と求める者がちらほらと。

マヨネーズ中毒となった者たちだ。

「分量をしっかりと守って作っているので、お腹を壊すことはありません。さあ、どうぞ安心して食べてください」

「……わかった。頂こう」

カレンさんがマヨネーズをつけた串焼き肉をひと口。

「っ⁉　こ、これは――」

そこからは早かった。

もぐもぐごくり。

パクッ――もぐもぐ……ごくり。

あっという間に串だけになってしまった。

カレンさんに続きデュアンさんが。

デュアンさんが食べるのを見て、侍女《じじょ》たちも。

「「「っっっっ⁉」」」

感想を聞かなくても、その表情を見るだけで十分だった。

「おかわりありますけど、食べる人？」

俺の問いかけに、全員が手を挙げる。

禁忌禁忌と言い続けていたネイさんも、しっかりと手を挙げていた。

こうなると嬉しくなってしまう。

「アイナちゃん、」

「なーに？」

「俺が追加の串焼き肉を運ぶから、アイナちゃんはアレをお願い」

「うん!」

アイナちゃんに目配せし、頷《うなず》き合う。

俺が追加の串焼き肉をお皿に載せていき、

「シェスちゃん、これもおいしいよ?」

「こっちはなに?　色はまーよねーずというものににているけれど……」

「たるたるそーすだよ」

「たる……たる?」

「ん、たるたるそーす」

アイナちゃんが作ったばかりのタルタルソースを、みんなのお皿に載せていく。

刻んだタマネギと、潰したゆで卵。

それらをマヨネーズと混ぜ合わせた自家製タルタルソースだ。

具材を多めに入れているから、単体のおかずとしても成立してしまうぐらい美味しい。

串焼き肉につけて食べたら、もっとだろう。

「「「――――っっっっっ!?」」」

審査員全員が串焼き肉に――マヨネーズに夢中になっていた。

これに憤慨《ふんがい》したのがローレン氏だ。

「そんなものが美味《うま》いだとっ⁉　ふざけるな‼　私は宮廷料理人だったんだぞ！　なのに……なのになぜ辺境のソース如《ごと》きに――」

「ローレンさん、食べてみますか？」

串焼き肉とマヨネーズを載せたお皿を、ローレン氏に差し出す。

「……」

「さあ」

「チッ。いいだろう。宮廷料理人だった私がどれほどのものか試《ため》してやる」

ローレン氏がマヨネーズをつけた串焼き肉を口に運び――

「っ⁉」

その目が見開かれた。

「はぐっ。むぐ……ごくん。はぐっ」

むさぼるようにして串焼き肉を食べ、やがて。

「……うまい」

と零《こぼ》した。

「このソース、まよねーずと言ったか？」

「ええ。マヨネーズです。俺の故郷では、ポピュラーなソースの一つですね」

「……」

ローレン氏はお皿に残ったマヨネーズを指につけ、ペロッと舐《な》める。

「辺境に送られ絶望していたが……まさか、まさか私の料理をも上回るソースと出会えるとは、な」

ローレンさんは自嘲《じちょう》気味に笑うと、俺に顔を向ける。

「完敗だ。完敗だアマタよ」

ローレン氏の顔は、憑《つ》き物が落ちたかのように晴れ晴れとしていた。

けれど俺は、この言葉に首を振《ふ》る。

「いいえ。料理に勝ち負けなんてありませんよ」

「なに？」

「ローレンさんの料理に、このマヨネーズをつけてもらえませんか？」

「……いいだろう」

マヨネーズの入った瓶を受け取ったローレン氏が、再びお肉を焼きはじめる。

何度かひっくり返し、焼き上がったお肉にマヨーズをつけて試食。

瞬間――

「美味い‼」

ローレン氏が多幸感に包まれた。

「美味い！　美味いぞ‼　食べてみろアマタ。お前たちの作ったまよねーずが私の料理をぐんと引き立てているぞ！」

「あはは。ホントだ。すっごく美味しいですね」

熱々のお肉とマヨネーズが合わさり、口の中が幸せでいっぱいになる。

審査員のみんなもローレン氏のお肉にマヨネーズをつけ、パクリと。

「「「ふわぁぁぁ〜〜〜〜」」」

こちらも大好評だった。

「なるほど。『料理に勝ち負けはない』か。まさか辺境の地で学びを得ることになるとは、な。宮廷料理人という肩書き《かたが》に拘りすぎて、気づかぬうちに視野が狭《せま》くなっていたようだ。アマタ、そして娘《むすめ》よ。感謝する。そして謝罪を」

アイナちゃんと俺に向かって、ローレン氏が頭を下げた。

次いで、

「それと――貴方にも謝罪を」

酒場の料理長にもごめんなさい。からの固い握手《あくしゅ》。

そこからの広場は、本当のお祭りのようだった。

「串焼き肉を食べたい人は並んでくださーい！」

マヨネーズかけ放題ということもあって、キッチンカーの前に行列ができる。

「宮廷料理を味わいたい者はこちらに並べ！」

これにローレン氏も乗っかってきた。

部下たちと一緒《いっしょ》になって、笑顔《えがお》で鍋《なべ》を振るっていたのだ。

こうなってはもう止まらない。

ギルドの料理長に串焼き屋のおっちゃん、屋台持ちの人たちも電撃《でんげき》参戦し、町の広場はたちまちお祭り会場に。

串焼き肉とかアース・バイソンの希少部位とか関係なく、みんな純粋《じゅんすい》に料理を楽しんでいるぞ。

シェスの侍女たちや使用人もニッコニコ。

辺境への悪感情もどこへやら。

広場には身分の差も、王都だ辺境だのの壁もなく、ただ笑顔だけが溢《あふ》れていた。

だって、

――マヨネーズをかければ、だいたい同じ味になるのだから。
後《のち》に『マヨネーズ祭り』と呼ばれることとなる奇祭《きさい》は、好評のうちに幕を閉じた。

第一三話　相談相手は？

ローレン氏との料理対決で町全体が大盛り上がりしてしまったけれど、

「アイナちゃんの誕生日まで、あと六日しかないんだよな」

誕生パーティ（合同）は、もうそこまで迫《せま》っていた。

「ん〜……。なにをプレゼントするべきか」

営業を終えた店で、一人呟《つぶや》いてみる。

正直、めちゃんこ悩《なや》む。

今日の営業中、さり気なくなにが欲《ほ》しいか、と訊いてはみたものの、

『えっと、えっと、じゃあ……ぶどうあじのがむ！』

ガムが欲しいと言われてしまった。

それも、一番安いフーセンガム（ブドウ味）をご指名で。

なんとか「ケーキを食べるから他のお菓子《かし》はダメだよ」、と言ってかわしたけれどね。

「人形、って歳でもないだろうし、そもそもサイズ的にパティが嫉妬《しっと》しちゃうかもしれないし。はぁ……」

王女のシェスと違《ちが》って、アイナちゃんはプレゼント自体に慣れていない。

少しでも高そうなプレゼントを贈《おく》ったら、喜びよりも申し訳なさが先に来てしまう子なのだ。

「過去にアイナちゃんが欲しがったものといえば……ジダンさんから貰《もら》った腕輪《うでわ》ぐらいか」

以前、カレンさんと一緒に領都マゼラまで納税の旅に出たときのことだ。

鳥人《バードマン》のジダンさんがやっていた店で、アイナちゃんはある腕輪を見つけた。

アイナちゃんのお父さんがしていた腕輪。

それとそっくりなものを見つけ、珍《めずら》しくアイナちゃんが欲しがったのだ。

でもあれは、例外中の例外。

そもそもあの腕輪は、自分のためではなくお母さんの——ステラさんのために欲しがったものだったのだ。

「う〜む。どうしたものか」

アイナちゃんが自分のために欲しがったものなんて、あまり記憶《きおく》にない。

これが日本の子供だったら、オモチャ売り場に連れて行けば一発で解決できるのにな。

仕方がない。

「よっと」

俺は立ち上がり、鍵《かぎ》をかけて店を出る。

目指すは冒険者ギルド。

「こうなったら、ライヤーさんたちに相談しますか」

餅《もち》は餅屋《もちや》と言うし、異世界の子供が欲しがるものは異世界の人に訊けばいい。

こうして俺はギルドを目指し、夕暮れの町を歩くのだった。

◇◆◇◆◇

「なるほどな。嬢《じょう》ちゃんへの贈物《おくりもの》か」

ギルドの酒場で、蒼《あお》い閃光《せんこう》と共にテーブルを囲む。

「そうなんですよ。なにをプレゼントすればいいか悩んでまして」

蒼い閃光の四人がギルドにいたのは幸運だった。

事情を話し、二つ返事で相談に乗ってくれることに。

ただ、

「そんなのおカネに決まってるんですよぅ！　おカネですよぅおカネ！　おカネがあればなんでも手に入るんですよぅ!!」

約一名、頼んでもないのに同席しているけれど。

「アイナがおカネを欲しがるわけがないんだにゃ」

「………欲にまみれたエミィと同じなわけがない」

欲望まみれのエミーユさんに、蒼い閃光の女性陣《じょせいじん》からツッコミが入る。

「そうだぜエミィ。だからあんちゃんが悩んでるんだろうが。なあ？」

「はい。アイナちゃんが――というか、あの年頃《としごろ》の子がどんなものを欲しがるのかわからなくて」

悩む俺に、ロルフさんがそわそわと。

「シロウ殿、私から一つ提案がございます」

「お、なんです？」

ロルフさんは、それはそれは徳の高そうなお顔で。

「私が信仰《しんこう》する天空神フロリーネの聖書などいかがでしょう？」

「……せいしょ？」

「はい」

ロルフさんは頷くと、懐《ふところ》から一冊の本を取り出した。

とても分厚い。

「この聖書には、人生の答えが全《すべ》て記されています」

「……すべて？」

「はい。全てです」

断言されてしまった。

「人は時に迷い、時に悩み、時に進むべき道を見失うもの。ですが……」

辞書よりもなお分厚い聖書を誇《ほこ》らしげに掲《かか》げ、ロルフさんは続ける。

「この聖書を読めば、天空神フロリーネのお導きを受けることができるのです！」

興奮気味に語るロルフさん。

こんなロルフさんを見るのは、もちろんはじめてのこと。

対して、

「……」

俺は無言。

早口なロルフさんに圧倒《あっとう》され、ただただ無言。

「迷いも悩みも打ち消され、その目に映るは進むべき道ただ一つ！」

「「「……」」」

ライヤーさん、ネスカさん、キルファさん、おまけにエミーユさんも無言。

暴走を続ける仲間に冷ややかな視線を向け、ただただ無言。

「いかがですかシロウ殿？　いっそステラ殿用と合わせて二冊お贈りしてみては？」

ガチ目の勧誘《かんゆう》を受ける俺は、頬《ほお》をぽりぽり。

「いやぁ～。聖書を贈るのはいいアイデアだと思うのですが、」

「そうでしょう、そうでしょう！」

凄《すご》い。圧が凄い。

徳の高いお顔での圧が凄い。

「でも、肝心《かんじん》の俺がフロリーネの信徒ではないですし、そんな俺が聖書を贈っても、なんと言うか……説得力？　みたいのがないじゃないですか？」

「……ふむ。確かにシロウ殿の言葉にも一理ありますな。ではいっそシロウ殿も――」

「ですので！　今回は見送る、ということで！　他にいいアイデアはないですかね？」

強めに言い、残りのメンバーに顔を向ける。

ロルフさんは聖書を抱《だ》いたまま、しょんぼりしていた。

「アイデアなぁ。そうは言っても相手があの嬢ちゃんだしよ」

ライヤーさんは腕《うで》を組み、うーんと悩みはじめる。

「じゃあ、みなさんだったらなにが欲しいですかね？」

自分が欲しいと思うものを友人に贈る。

プレゼントに悩むとき、よく聞く言葉だ。

これは同好の士であればあるほど喜ばれる可能性が上がる。

だから参考までに訊《き》いてみたのだけれど、

「俺は剣《けん》だな。特に遺跡《いせき》から出てくるような魔法剣《まほうけん》が欲しい」

とライヤーさんが言えば、

「…………高位魔術《まじゅつ》の魔道書」

とネスカさんが言い、

「ボクは海のお魚を食べてみたいんだにゃ」

とキルファさんが締《し》める。

聖書、魔法剣、魔道書、お魚、そしておカネ。

いまのところ、一番アイナちゃんが喜びそうなのはお魚だった。

でもなー。お魚じゃなー。生ものだしなー。

より悩むはめになった俺に、

「どうしたシロウ。また野盗でも出たのか？」

「これはこれは主様。なにかお悩みでしたら私が解決しますよ」

「ぱうぱぁーっ！」

食事をしに来たのだろう。

セレスさんとママゴンさん、そしてすあまもやってきた。

せっかくなので、隣《となり》のテーブルをくっつけてみんなでディナータイムに突入《とつにゅう》。

そこに、

「おっ、シロウじゃないないいないか！　宴会《えんかい》か？　宴会だなっ。あたいも交ざるぞ！」

パティまでやってきたじゃんね。

こうも集まってしまうと、いつもの流れに。

大量の料理が運ばれ、お酒の蓋《ふた》がぽんぽん開いていく。

食事がてら、セレスさんたちにも訊いてみることに。

種族が違うが故に、別の視点からアイデアをもらえると思ったからだ。

けれども、

「私が貰って嬉《うれ》しいものだと？　くっくっく。ならば強者だ。私と正面から闘《たたか》える強者を求める！」

とセレスさん。

脳筋バンザイ。

お次はママゴンさんとすあま。

「主様から頂けるものでしたら、たとえそれが石ころでも黄金に勝る宝となりましょう。すあま、あなたは？」

「すあまはおにくぅーっ！」

本日も忠誠心がカンストしている。

あとお肉バンザイ。

最後はパティだった。

「あたいの欲しいもの？　なっ、ならハチミツだ！　ハチミツ！　うまいハチミツからはな、すっごくおいしい蜂蜜酒《ミード》が作れるんだ‼」

妖精の蜂蜜酒《フェアリー・ミード》バンザイ。

でも未成年のアイナちゃんにお酒は飲ませられないじゃんね。

「ん～～～……」

みんなに訊いてはみたものの、これといって参考になるような意見はもらえなかった。

こりゃ仕方がないなと。

いっそシェスと同じものでもプレゼントしようかなと、そう思ったタイミングでのこと。

「ようシロウ。あんたのまわりはいつも賑《にぎ》やかだな」

白狼《はくろう》の牙《きば》のリーダー、ゼファーさんが声をかけてきた。

装備を身につけていないということは、今日はオフだろうか？

俺たちのテーブルを見て、ゼファーさんは呆《あき》れたように笑っている。

「どうもゼファーさん。よかったら一緒にどうですか？」

「いいのか？」

「もちろんですよ」

大皿に盛られたシチューをセレスさんに一気飲みしてもらい、テーブルにスペースを作る。

空いたスペースに飲みものを置き、ゼファーさんが俺の隣に座《すわ》った。

「今日はお休みですか？」

「ん？　ああ、休みと言えば休みだな。と言うか、ナシューの遺跡に潜《もぐ》ってから、もう依頼は受けちゃいないんだ」

「へぇえ。どうしてですか？」

「冒険者を続ける理由がなくなっちまったからだよ」

ゼファーさんはお酒を飲みながら、語りはじめた。

「駆《か》け出しの頃《ころ》はよ、財宝を手に入れて、大金持ちになって……それで、毎日遊んで暮らすのが夢だったんだ」

「誰《だれ》もが一度は憧《あこが》れる夢ですね」

「だろ？　でもティナが、愛した女が向こうに逝《い》っちまってよ。ティナにもう一度逢《あ》いたくて。どうしても諦《あきら》められなくて、な。……それで奇跡《きせき》ってやつを信じてよ。冒険者を続けていたんだ」

パティ同様、ゼファーさんはナシューの遺跡で大切な恋人《こいびと》と再会し、そしてお別れをしてきた。

「シロウ、あんたのおかげで俺の願いは叶《かな》った。仲間と一緒にずっと遺跡に潜っていたからよ。人生を五回はやりなおしても遊んで暮らせるだけのカネがある。だから俺たち白狼の牙は、もう冒険者を続ける理由がなくなっちまったんだ」

「そうですか。では引退を考えているんですか？」

引退した冒険者たちのほとんどは、故郷へと帰って行った。

正直、仲良くなったゼファーさんが去って行くのは寂《さび》しい。

でも冒険者は危険な仕事だ。

どこかで区切りをつけ、危険な日々から平和な日常へと戻《もど》ってこなければならない。

「考えてはいる。でもな、冒険者として一つだけ心残りがあるのさ」

「お、せっかくなんで訊かせてもらえますか？」

「いいぜ。それはな……」

ゼファーさんが俺の背をパンと叩《たた》く。

「シロウに借りを返せてないことだよ。俺たち白狼の牙全員な」

「そんな……。俺は別に白狼の牙に貸しなんて――」

「あるんだよ。ティナは俺だけじゃなく、他の連中にとっても大切な仲間だったんだ。そのティナともう一度だけ逢《あ》うことが出来た」

「ゼファーさん……」

「だからシロウには返せないほどの借りがあるんだよ」

そう言うと、ゼファーさんは真剣《しんけん》な顔をして、

「なあシロウ、俺たちになにか出来ることはないか？」

と訊いてきた。

「そうですね……あ、一つあります！」

「なんだ？　なんでも言ってくれ！」

「実はいまアイナちゃん——うちの店で働いている子に贈物をしようと考えているんですけれど、なにを贈ればいいか相談に……って、ゼファーさん？」

隣のゼファーさんが、テーブルに突っ伏《つぷ》している。

「……いや、借りを返したいって言って、まさか相談に乗ってくれと言われるとは思わなくてな」

「あははは。なんかすみません」

「いいさ。でもそうだな。アイナってのは、ナシューの遺跡についてきた娘っ子のことだよな？」

確認《かくにん》するように訊いてくるゼファーさん。

これに俺は頷いて返す。

「はい」

「そっか。なら俺に訊くより、もっと適任がいるだろ？」

「え、誰のことです？」

首を傾《かし》げる俺に、ゼファーさんは、

「あの子の母親だよ」

相談相手に、ステラさんを挙げるのだった。

第一四話　故郷と約束と

翌日。

ゼファーさんからもらったナイスなアドバイスにより、俺《おれ》はステラさんの家へと向かっていた。

アイナちゃんが家にいないことは確認済み。

というか、今晩もシェスの家にお泊《と》まりするそうだ。

俺の知る限りこれで三回目。

親友同士でパジャマパーティとか、青春っぽくて最高じゃんね。

俺もライヤーさんやロルフさんを誘《さそ》い、一度ぐらいは開催《かいさい》してみるべきだろうか？

そんなことを考えているうちに、目的地に到着《とうちゃく》。

「ステラさん、士郎《しろう》です」

扉《とびら》をノック。返事はすぐにあった。

「シロウさん？　待ってください。いま開けますすね」

少し待ち、扉が開かれた。

黒猫《くろねこ》のピースを抱いたステラさんが、笑顔で俺を迎《むか》えてくれた。

「こんにちはシロウさん。こんな時間にどうしたんですか?」

すっかり日は落ち、あたりは暗くなっている。

「実は、ステラさんに相談したいことがありまして」

「わたしに?」

「はい。もう頼《たよ》れる人がステラさんしかいないんです!」

パンと手を合わせ、頭を下げる。

ステラさんは戸惑《とまど》っていたけれど、

「わかりました。わたしでよければシロウさんの相談に乗らせてください。どうぞ中へ」

「すみません。お邪魔《じゃま》します」

相談に乗ってくれるとのことで、俺をリビングに通してくれた。

「どうぞ座ってください」

ステラさんに促《うなが》され、椅子《いす》に座る。

空間収納《くうかんしゅうのう》から赤ワインのボトルを取り出し、

「あ、これお土産《みやげ》です」

ダイニングテーブルに置く。

相談に乗ってもらう立場なのに、手ぶらでは申し訳ない。

なのでワイン好きのステラさんのために、ちょっとお高いやつを用意しておいたのだ。

「もう、シロウさんったら。わたしには気を遣《つか》わなくていいんですよ？」

「あはは。ガッツリ相談に乗ってもらうので、そのお礼ってことで」

おどけたように言うと、ステラさんはくすりと笑った。

「わかりました。なら受け取らせてもらいますね」

「どーぞどーぞ。そのワイン、冒険者《ぼうけんしゃ》たちにも人気があるんですよ。ワインに拘《こだわ》りのある
ネイさんも絶賛してましたしね」

「そうなんですか？　楽しみです」

「せっかくですし、いま飲んでみます？」

空間収納からグラスを二つ取り出す。

ステラさんはじっとワインボトルを見つめ、

「じゃあ、一杯《いっぱい》だけいただきます」

とはにかんだ。

◇◆◇◆◇

赤ワインのコルクを抜《ぬ》き、グラスに注ぐ。

「乾杯《かんぱい》しましょうか？」

「うふふ。なにになですか？」

「そうですね……うん。アイナちゃんが元気にすくすく育っていることに、というのはどうです？」

「アイナのことでいいんですか？」

「ええ。だってとっても素晴《すば》らしいことですから」

「……ありがとうございます。じゃあ、乾杯」

「乾杯！」

グラスをこっつんこし、ワインを一口。

渋《しぶ》みは控《ひか》えめに。

代わりにフルーティーで飲みやすいものを選んだのだけれど、

「っ……。凄い。美味《おい》しいです！」

ステラさんが恍惚《こうこつ》とした表情を見せる。

瞳《ひとみ》もキラキラと輝《かがや》き、ワインの味に満足してもらえたことは疑いようがない。

「よかったー。気に入ってもらえるか心配だったんですよね」

「シロウさんが選んだワインですもの。美味しくないわけがないですよ」

「あはは。そゆこと言われると照れちゃいますね。ささ、一杯だけとは言わずに好きなだけ飲んでください。あとお摘《つ》まみもありますよ」

空間収納から、チーズや生ハムといったワインに合うもの。

他にもチョコやポテチなんかを取り出す。

きっと今ごろ、アイナちゃんもシェスとお菓子を広げていることだろう。

「ありがとうございます。じゃあ、お言葉に甘《あま》えて」

生ハムを食べ、ワインをごくり。

チョコを口に運び、またワインをごくり。

ポテチを摘まみ、三度ワインを。からのチョコ再び。

しょっぱいものと甘いものの、無限ループに陥《おちい》ったステラさん。

おかげでワインが進むこと進むこと。

気づけばステラさんの頬が、ほんのりと赤く染まっていた。

「もう一杯だけいただけますか？」

「どーぞどーぞ」

美味しいワインに、無限ループなお摘まみ。

そこにステラさんが簡単な料理まで作ってくれたから、満足度がヤバイ。

二人きりだけれど、ちょっとした宴会気分だ。

「あっ。……すみませんシロウさん。あまりにもワインが美味しいものだから、相談のことをすっかり忘れていました」

ステラさんはそう言うと、居住まいを正し、

「わたしに相談とは、なんでしょう?」

真《ま》っ直《す》ぐに俺を見つめた。

俺も見つめ返し、答える。

「実は、いますっごく悩んでいることがあるんです」

「わたしに解決できればいいのですが、なにを悩んでいるのですか?」

「五日後に、アイナちゃんの誕生日会をしますよね?」

「はい」

俺の問いに、ステラさんがこくりと頷《うなず》く。

「去年はうちにおカネがなくて……ちゃんとお祝いをしてあげられなかったんです」

「そうでしたか」

「でもアイナは、『おかーさんがいるだけでしあわせだよ』って、そう言ってくれて……」

去年の記憶が蘇《よみがえ》ったのか、かすかに涙《なみだ》が浮《う》かんでいた。

「だから今年は、去年の分もお祝いしてあげよう。たくさんお料理を作って、アイナのお友だちをたくさん呼んであげよう。そう考えています」

ステラさんはそう言い、優《やさ》しい笑《え》みを浮かべた。

娘を大切に想《おも》う、母の顔だった。

「お祝いの助けになればいいのですが、実はアイナちゃんの誕生日にプレゼントを贈ることになったんです」

「あの子から聞いています。シロウさんの故郷の風習なんですよね？」

「聞いてましたか。そうなんですよ」

事前にアイナちゃんから説明があったようだ。

ステラさんは、シェスの誕生日会と合同で開催することも知っていた。

いくらシェスが娘の親友とはいえ、ステラさんにとっては他所《よそ》のお家《うち》（王族）の子。

合同開催を快く思わないのではないか？

と心配したのだけれども、

「お友だちと一緒にお祝いできるなんて、アイナは幸せね」

杞憂《きゆう》だったようだ。

ステラさんは嬉しそうに、にこにこと。

アイナちゃんの幸せは、同時にステラさんの幸せでもあるのだ。

ホント、理想的な母娘なんだから。

「それでですね。俺が相談したいのは、」

一度区切り、テーブルに身を乗り出す。

すると、

「相談したいのは？」

ステラさんも身を乗り出してきた。

アイナちゃんの言葉を借りるなら、「まねっこ」というやつだ。

すぐ目の前に、くすくすと笑うステラさんの顔がある。

「アイナちゃんへのプレゼント、なにを贈ったら喜んでくれますかね？」

「あの子が贈られて喜ぶもの、ですか？」

「はい。いろんな人に相談したんですけど、これだ！　ってハマるものがなくて」

「母親のわたしが言うのもなんですが、アイナは他の子が欲しがるようなものにあまり興味を持ちませんからね」

ステラさんは、またくすくすと。

でもすぐに真面目《まじめ》な顔に戻ると、

「アイナが欲しがるもの。そうですね……」

真剣に考え込《こ》み、やがて。

「あの人なら、アイナに花を贈ると思います」

そう答えた。

「あ〜、花があったか」

「はい。アイナは花が大好きですから」

ステラさんは視線を虚空《こくう》へと送り、この場にいないわが子を慈《いつく》しむ。

「あの子が一番好きなのは、ラーパスの花です」

「へええ。どんな花なんですか？」

「ラーパスは故郷の国花なんです」

ステラさんとアイナちゃんの故郷、アプトス共和国。

その国花であるラーパスは、その地域にしか生息していない花だそうだ。

「昔住んでいた家から少し歩いた場所に、丘《おか》一面に咲《さ》くラーパスの花畑があって。本当に……綺麗《きれい》で」

ステラさんが瞳を閉じる。

閉じた先には、かつて見た花畑が見えているのだろう。

「アイナが生まれた日の近くに咲くものだから、あの人はアイナが誕生日を迎えると、かならず花畑へ連れて行っていました」

昔を懐《なつ》かしむように、ステラさんは語る。

「小さかったアイナは花畑の中で飛び跳《は》ねたり、くるりくるりと踊《おど》ってみたり。とても楽しそうでした」

「……はい」

「わたしもあの人も、そんなアイナを見るのが大好きで……」

「家族の想い出の場所、だったんですね」

「はい。あの丘は大切な想い出の場所でした。わたしにも、アイナにも、そしてあの人にも。とってもとっても大切な場所でした。でも……」

ステラさんの顔に、僅《わず》かな影《かげ》が落ちる。

「あの丘へは、四回しか連れて行くことができませんでした」

「アイナちゃんの誕生日にしか行かなかったからですか？」

「そうです。だから、四回」

「……」

「こんなことになるのなら、もっと連れて行ってあげればよかった」

故郷を後にしたのは、アイナちゃんが四歳のときのことだ。

だから四回しか行けなかったと、そうステラさんは嘆《なげ》いた。

後悔《こうかい》している、とも。

「アイナはまだあの丘を憶《おぼ》えているのかしら？　わたしと、アイナと、そしてあの人で行ったあの丘を」

この場にいないアイナちゃんへの問いかけ。

だから俺は、代わりに答えることにした。

「憶えていますよ」

「……シロウさん？」

俺は自信満々な顔で頷く。

「大切な想い出が詰《つ》まった場所ですよ？　アイナちゃんが憶えていないわけないですよ」

「そう……ですよね。うん。きっと憶えてますよね？」

「はい。絶対に憶えています。だから、」

俺はステラさんにハンカチを差し出し、言葉を続ける。

「泣かないでください」

瞬間《しゅんかん》、ステラさんの顔がくしゃりとする。

受け取ったハンカチを顔に押《お》し当て、声を押し殺す。

「大丈夫《だいじょうぶ》ですよ。アイナちゃんは記憶力《きおくりょく》いいんですから」

「……はい」

「お父さんのことも、ラーパスが咲く丘のことも憶えていますよ」

「……はい」

「相談に乗ってくれて、ありがとうございました」

涙を拭《ぬぐ》い、ステラさんが顔を上げる。

「ごめんなさいシロウさん。変なところを見せて」

「ぜんぜんですよ。それに贈るべきものがなにかわかりましたから」

「そうですか？　お手伝いできたならよかったです」

ステラさんが微笑《ほほえ》む。

そんなステラさんの顔を見て、俺は覚悟《かくご》を決めた。

訊くべきタイミングは、ここしかないと思った。

「ステラさん、旦那《だんな》さんを捜《さが》しに行きたいですか？」

「……シロウさん？」

予期せぬ質問にステラさんが驚《おどろ》く。

けれども俺は言葉を重ねた。

「旦那さんに逢いたいですか？」

俺はステラさんを見つめる。

ステラさんは寂しそうに微笑み、

「叶うなら逢いたいです。いまだって捜しに行きたい」

「……」

「でも、やっぱり行けません」

首を横に振《ふ》った。

「理由を聞かせてもらえませんか？」

「あの人に、アイナを託《たく》されましたから」

「っ……」

「あの人に……アイナのことを頼《たの》むと、そう言われて。わたしは大丈夫と。わたしがずっとアイナの側にいるわ。だから安心して、と。そう答えました」

戦争へ参加する旦那さんとの最後の会話。

最後の会話なのに、それでもなお旦那さんはアイナちゃんの身を案じたのだ。

「あの人を捜すとなると、旅をしなければなりません。ニノリッチに辿《たど》り着いたときよりも、ずっと辛《つら》く長い旅になると思います。そんな旅にアイナを連れて行けません。だから――」

瞳に強い意志を宿し、ステラさんが続ける。

「あの人との約束を――最後の約束を、破るわけにはいきません」

まるで、しがみついているようだった。

「あの人がどこかで生きている。シロウさん、わたしはそれだけで十分なんです。十分すぎるほどです」

「ステラさん……。でも――」

「この世界のどこかで、あの人はわたしたちと同じ星を見上げ、同じ風を受け、同じ日の光を浴びている。離《はな》れていても同じものを感じている。だから、これ以上は望めません」

「っ……」

「それに、あの人が帰ってこなくて。不安で……不安で不安で、どうしようもなくて。そのときにわたし、神さまにお願いしたんです」

「どんなお願いをしたんですか？」

俺の問いに、ステラさんは瞳を閉じ、祈《いの》るように。

「あの人にもう二度と会えなくても構いません。その代わり、どうか命を奪《うば》わないでください。そうお願いしました。あのときの願いを、神さまは聞き入れてくれたのね」

「……辛いことを訊いてすみませんでした」

「そんなことはありませんよ。わたしもシロウさんには、いつか話さないとと思っていましたから」

なんでもないとばかりに、ステラさんが頭を振る。

「ラーパスは薄紫色《うすむらさきいろ》をした花です。だから似たような色の花を贈れば、あの子は喜ぶと思いますよ」

話はおしまい。

そんな意味が込められていたのかはわからないけれど、ステラさんは最後にアドバイスをくれた。

「ありがとうございます。参考にします」

お礼を言い、ステラさんの家を後にする。

「……」

夜空を見上げれば、満天の星が広がっていた。

『この世界のどこかで、あの人はわたしたちと同じ星を見上げ、同じ風を受け、同じ日の光を浴びている。離れていても同じものを感じている。だから、これ以上は望めません』

ステラさんの言葉。

きっとステラさんは、旦那さんとの想い出にしがみついているのだ。

しがみついて、しがみついて、約束に縛《しば》られて。

がんじがらめで動けなくなってしまっているのだ。

「アイナちゃんの誕生日まであと五日か。……よし」

だから俺は——

第一五話　誕生日会

そして、アイナちゃんとシェスの合同誕生日会《バースデー・パーティ》の日がやってきた。
参加者は、俺、パティ、セレスさんにママゴンさんとすあま。
町長のカレンさんに、騎士《きし》のデュアンさん（片想《かたおも》い中）。
妖精の祝福《ギルド》からは蒼《あお》い閃光《せんこう》の四人に、ギルドマスターのネイさん。
あと、なぜかおまけでエミーユさんまでついてきた。
妹の詩織《しおり》と沙織《さおり》も、遅《おく》れて参加するとのこと。
参加者だけで一五名。
そこに主催者《しゅさいしゃ》のステラさん。
本日の主役であるアイナちゃんとシェスに、護衛のルーザさん（勘違《かんちが》い中）。
総勢一九名だ。
さすがに一九人もステラさん宅には入らない。
なのでパーティは室内ではなく、その庭で行われることになった。

日除《ひよ》けのタープを設置し、キャンプ用のテーブルと椅子を並べる。

めちゃんこ食べる人もいるので、バーベキューコンロと追加のお肉も忘れない。

テーブルにはステラさんが用意した料理。

他にも酒場の料理長からの差し入れと、元宮廷《きゆうてい》料理人のローレン氏が作ってくれたSNS映《ば》えしそうな料理も並べられている。

みんなで料理をつつき、お酒を楽しみ、ワイワイガヤガヤと。

その光景は、まるで外国のホームパーティ。

アイナちゃんもシェスもニッコニコだった。

九歳《さい》になった二人の少女は、ジュースで乾杯。

アイナちゃんが好きなぶどうのジュースは、シェスも気に入ったようだ。

「これ、すごくおいしいわ」

「でしょ？　シロウお兄ちゃんがよういしてくれたんだよ」

他にもオレンジやリンゴ、キウイにマンゴーのジュースも用意してある。

どれも銀座の高級フルーツ店の特製ジュースで、味は折り紙つき。

飲み比べる度にシェスの瞳が輝くものだから、それが面白《おもしろ》かったのだろう。

「シェスちゃん、こんどはまんごーのじゅーすだよ」

「まんごー？　それもくだものなの？」

「うん。シロウお兄ちゃんがね、みなみの国のくだものっていってた」

「みなみの国……もらうわ！」

「ん！」

アイナちゃんは、どんどんシェスに飲ませていた。

そんな二人を見て、他の参加者もほっこりしていた。

◇◆◇◆◇

「にぃにお待たせ～」

「兄ちゃんおまたー」

詩織と沙織が到着したのは、太陽が沈《しず》みかけたころだった。

「ほい兄ちゃん。頼まれてたものだぞ」

沙織が持っていた袋《ふくろ》を、俺へと渡《わた》す。

「サンキュー沙織」

袋を受け取った俺は、こそこそと移動。

庭の端《はし》っこで、袋に入っていた箱を取り出す。

箱を開ければ――

「おおっ！」

そこには可愛《かわい》らしいケーキが。

「いいじゃん、いいじゃん。可愛いじゃん」

「でしょ～？　このケーキね、詩織が選んだんだよ～」

ケーキの上部には、クマとウサギの顔を模したデコレーション。

チョコのプレートには『ＨＡＰＰＹ　ＢＩＲＴＨＤＡＹ』の文字。

数字の『９』の形をしたロウソクが挿《さ》さり、側面にはカラーチョコスプレーが鏤《ちりば》められている。

可愛さと華《はな》やかさは、文句なしの一〇〇点。

しかも詩織おすすめのケーキ店《パティスリー》のものだから、美味しさも合わせれば確実に二〇〇点満点を叩き出すケーキだ。

「さすが詩織ちゃんだね」

「でしょでしょ～？　もっと褒《ほ》めて～」

「えらいえらい」

詩織の頭を、雑になでなでと。

そうこうしていると、日が落ち暗くなってきた。

シチュエーション的に完璧《かんぺき》なタイミング。

「兄ちゃん、はいロウソク」

「ほい、受け取った」

細くて小さいロウソクを、ケーキに挿していく。

一本、二本、三本……全部で九本。

尼田兄妹《あまたきょうだい》総出でロウソクに火をつけ、ライヤーさんに合図を送る。

頷いたライヤーさんが、他のみんなに目配せ。

準備は整った。

ケーキを持ち、いざ主役の下へ。

突然《とつぜん》だったから、アイナちゃんもシェスもびっくりしていた。

けれどもテーブルに置いたケーキを見ると、うっとりして。

「ふわぁ。かわいい」

アイナちゃんの瞳がキラッキラ。

「これがケーキ？　なんてきれいなの……」

シェスの瞳もキラッキラ。

星空の下、ロウソクの火が幻想的《げんそうてき》に揺《ゆ》らめいている。

瞳を輝かせる二人。

でも火を消すには、もうワンクッション挟《はさ》まなければならない。

最後まで『ブンカ』を『ソンチョー』してもらった結果、尼田兄妹がバースデーソングを熱唱することになった。

やけくそ気味に歌う俺。

双子《ふたご》故に完璧なデュエットを披露《ひろう》する詩織と沙織。

みんなは笑顔《えがお》で手拍子《てびょうし》だ。

言葉はわからないけれど、歌の意味は伝わったようだった。

そして、忘れられない瞬間が訪《おとず》れた。

「「……」」

アイナちゃんとシェスが頷き合う。

「「せーの、」」

二人は大きく息を吸《す》い込み、

「「ふぅーーーーーっ」」

ロウソクの火が消えた瞬間、

「『「アイナ、シェス、お誕生日おめでとーーーっ!!」』」

祝福の言葉が唱和した。

僅かに遅れて、クラッカーの音がパンパンと。

楽しい時間は終わらない。

生まれたことに感謝を、とロルフさんが神の教えを説きはじめれば、エミーユさんがケーキをつまみ食いしようとし、気づいたキルファさんにドツかれ、トドメとばかりにネイさんに木陰《こかげ》へと引きずられていく。

ライヤーさんとネスカさんはイチャイチャしはじめ、セレスさんとママゴンさんはお肉をもぐもぐ。すあまもパティと一緒《いっしょ》にもぐもぐ。

詩織と沙織はケーキをバックにスマホで自撮りしまくり、ルーザさんが熱い視線を送るなか、デュアンさんはカレンさんに近づき、そしてあしらわれる。

そんなみんなを見て、アイナちゃんもシェスもお腹《なか》を抱《かか》えて笑っていた。

本当に楽しい夜だった。

ケーキの次はプレゼント。

俺は空間収納《くうかんしゅうのう》から、ラッピングされたプレゼントの箱を取り出す。

これはシェスの誕生日に合わせて一度王都へ送り、

『ちょくせつわたしてほしい』


とのことで、先日返却《へんきゃく》されたものだ。

なので、まずはシェスから。

「シェス、」

「なにアマタ？」

「はい。改めて誕生日おめでとう。こんどは受け取ってくれるよね？」

シェスにプレゼントを差し出す。

「う、うん」

顔を真っ赤にしながらも、シェスはプレゼントを受け取り、胸にぎゅっと抱《だ》いた。

「……ありがとう」

「どういたしまして」

「あけてもいい？」

「もちろんだよ」

シェスが包装を破き、箱を開ける。

出てきたのは木製のブロック。

「これは……なに？」

ブロックを手に取ったシェスが、戸惑うように言えば、

「シロウお兄ちゃん、これツミキ？」

積み木を知るアイナちゃんが訊《き》いてくる。

「木のブロックに見えるけどね、これは玩具《おもちゃ》なんだ」

「おもちゃ？　これが？」

「そ」

俺がシェスに贈《おく》ったプレゼントは、スイス製の知育玩具《ちいくがんぐ》。

有名な棋士《きし》が幼少期に遊んでいたことで話題になったものだ。

ぱっと見は積み木にしか見えない。

けれどもキューブ状のブロック一つひとつに溝《みぞ》や穴があり、組み合わせることでビー玉の通り道を作ることができるのだ。

組んだブロックの上からビー玉を転がして、途中《とちゅう》で詰まることなく下まで転がったら成功。

ビー玉の動きをイメージし、どう進むのかを頭の中で思《おも》い描《えが》きながら積み上げないとうまく転がらないため、やりこみ要素が非常に高いのだ。

「見てて」

遊び方の説明がてら、ブロックを積み上げていく。

まずは簡単なコースを。

「こうして……よし」

キューブの溝がぐるりと半円を描きながら、下まで続いている。

「見てて。この溝にね、ビー玉をぽいっと」

付属品のビー玉を摘まみ、キューブの溝に落とす。

ビー玉がコロコロと転がっていき、ゴールしようとしたその瞬間――

「アマタ！　あなたなにしてるのっ⁉」

シェスから悲鳴にも似た声があがった。

「へ？」

「それ……それ……」

シェスは声を震《ふる》わせながら、知育玩具を――いや、ビー玉を指し示している。

視線もビー玉に釘付《くぎづ》けだ。

「どれ？　ビー玉？」

「それよ！　それ――ホ、ホーギョクじゃないっ!!」

「ホーギョク？」

「そうよ！　ホーギョク！　アマタ、あなたホーギョクをオモチャにするの!?」

シェスが知育玩具からビー玉を拾い上げる。

「……やっぱりホーギョクだわ」

ビー玉をランタンの灯《あか》りに近づけたシェスが、呻《うめ》くように言う。

次はネスカさんだった。

「…………宝玉？　見せて」

シェスからビー玉を受け取り、灯りに透《す》かす。

「…………完璧な球状」

ネスカさんの目が大きくなる。

信じられない、というような顔をしていた。

状況《じょうきょう》を呑《の》み込めない俺《おれ》はアイナちゃんと顔を見合わせ、首を傾《かし》げるばかり。

「ネスカさん、宝玉ってなんですか？」

状況を呑み込めない俺は、ネスカさんに訊いてみることに。

ネスカさんは驚いた顔をして。

「……シロウ、商人のあなたが宝玉を知らないの？」

「不勉強で申し訳ないです。でもシェスとネスカさんの反応を見て、なんとなく価値のあるものなんだろうな、とは理解しました」

「……全然理解していない」

お叱《しか》りを受けてしまった。

ネスカさんは続ける。

「……水晶《すいしょう》を球状に削《けず》り、磨《みが》いたものを宝玉という」

「いや、でもこれ硝子《ガラス》ですよ？」

ビー玉を摘まみ、材質を教えたところ。

「……材質よりも、重要なのは形状と透明度《とうめいど》」

ネスカさんの説明によると、こんな感じだ。

材質を問わず、透明度のある球状のものを『宝玉』と呼ぶ。

宝玉は魔法《まほう》の触媒《しょくばい》として非常に優秀《ゆうしゅう》。

宝玉には魔法の巻き物《スクロール》とは比べ物にならないほど強力な、そして複雑な魔法を込めることができるそうだ。

透明度が高ければ高いほど、そして球状に近ければ近いほど価値があり、完璧な球状でサイズの大きいものに至っては、国家間の取引材料になるほどなんだとか。

事実、ネスカさんが持つ杖《つえ》の先端《せんたん》にくっついている宝玉にも、もの凄《すご》い価値があるらしい。

ネスカさんの家に代々受《う》け継《つ》がれてきた杖で、魔力《まりょく》を増幅《ぞうふく》させる術式が込められている、とのこと。

この杖一本で城が買えるほどなんだとか。

「…………理解した？」

「な、なんとか」

小さいながらも、金貨よりずっと価値のある宝玉を——ビー玉を、俺がコロコロして遊んでいた。

おカネを持て余した貴族だって、もっとマシな遊びをすることだろう。

そりゃ宝玉の価値を知るシェスが驚くわけだよね。

ビー玉なんて、一〇〇円ショップでいくらでも手に入るのに。

けっきょく、ビー玉と同サイズの鉄の球と取り替《か》えることで、シェスには納得《なっとく》してもらうことになった。

第一六話　花束

シェスの次はアイナちゃん。

空間収納《くうかんしゅうのう》から取り出したプレゼントを後ろ手に隠《かく》し、アイナちゃんの前へ。

みんなが見守るなか、

「アイナちゃん」

「は、はい」

「お誕生日おめでとう」

プレゼントを——花束を渡した。

「あ……」

花束を受け取ったアイナちゃん。

薄紫色の花だった。

薄紫色の花を見て、アイナちゃんが息を呑《の》む。

「シロウお兄ちゃん、このお花……」

「うん。ラーパスの花だよ」

「っ……」

瞬間――

「あぅ……。うぅ……」

アイナちゃんの瞳《ひとみ》から、ぽろぽろと涙《なみだ》が零《こぼ》れ落ちた。

花束を胸に抱き、うずくまる。

「あぅ……ひっく。うぅ……ふぐぅ……」

嗚咽《おえつ》を漏《も》らすアイナちゃん。

突然の出来事にみんな戸惑《とまど》っている。

けれど、俺が目で「大丈夫」と伝えると、この場を任せてくれた。

「アイナちゃん、」

その場にしゃがんで、優《やさ》しく語りかけるように。

「この花のこと、憶えてる？」

「……ん」

頷《うなず》いたアイナちゃんは、続けて。

「おとー……さんがね、この……お花すき……だったの」

ラーパスの花を、懐かしむように見つめ。

「アイ……ナもね、だいすきな……お花なの」

やっぱり、アイナちゃんはラーパスの花を憶えていた。

当時の記憶《きおく》が蘇《よみがえ》り、涙を流していたのだ。

ラーパスの花に驚いたのは、アイナちゃんだけではない。

「シロウさん……どうしてラーパスが？」

ステラさんが訊いてくる。

その声は震えていた。

「なんでここに？　だってこのお花は、わたしたちの故郷でしか咲かないのに……それがどうして？」

「ええ。アプトス共和国にしか咲かない花だから、探すのが大変でした」

「……え？」

困惑《こんわく》するステラさん。

「シロウ……お兄ちゃん」

「ん、なーに？」

「このお花……どうしたの？」

花束を胸に抱き、アイナちゃんが訊いてくる。

「この花はね、アイナちゃんの故郷で摘《つ》んできたんだ」

「……？」

理解が追いつかず、きょとんとするアイナちゃん。

そんなアイナちゃんに、俺は視線で背後のママゴンさんを指し示す。

視線に気づいたママゴンさんが、アイナちゃんに頷いてみせた。

「私が主様をお運びしました」

「っ……。じゃあ……ほんもののお花なの？　ほんもののラーパス？」

「そうだよ。正真正銘《しょうしんしょうめい》、本物のラーパスの花さ」

「うぅ……」

アイナちゃんの目にまた涙が。

ステラさんも同様だ。

「ラーパスの花……。もう一度見られるなんて」

花を見つめ、寂《さび》しそうに。懐かしむように。でもどこか嬉《うれ》しそうに。

「ありがとうシロウお兄ちゃん。アイナ、うれしい」

涙を流したまま微笑むアイナちゃん。

しかし俺は、これに首を振る。

「なに言ってるの。本当のプレゼントはこれからだよ?」

「……え?」

予期せぬ言葉に、アイナちゃんが戸惑っている。

「アイナちゃん、ラーパスの花畑に行きたい?」

「っ⁉」

「ステラさんに教えて貰《もら》ったんだ。想《おも》い出《で》の場所だって。ママゴンさんにお願いすれば、アイナちゃんを花畑に連れて行くことができる。だからアイナちゃん、」

真《ま》っ直《す》ぐに見つめ、続ける。

「俺と一緒に花畑を見に行かない? ラーパスの花畑を」

「シロウお兄ちゃん……」

「アイナちゃんを花畑に連れて行きたいんだ。アイナちゃんのお父さんみたいに、ラーパスが一面に咲《さ》く丘《おか》に連れて行きたいんだよ。どうかな?」

ラーパスの花畑を、アイナちゃんへのプレゼントにしたい。

そんな想いを込めて問い、アイナちゃんの返事を待つ。

アイナちゃんは、こくりと頷き。

「いきたい。アイナ、いきたい」

「よかったー。なら明日――」

明日出発しよう、そう言おうとしたら、

「アマタ、あしたなんていわないで、いまアイナをつれていきなさいよ！」

シェスに背中をぱしんと叩《たた》かれた。

「いやいやシェス、いまは誕生日会の――」

「いま、よ！　だって、きょうは、」

シェスは俺の言葉に、自分の言葉を被《かぶ》せると、

「アイナの誕生日なのよ」

両手を腰《こし》に当て、仁王《におう》立ちをしてみせた。

どーん、と。有無《うむ》を言わせぬ王女の風格で。

「……。わかったよシェス。そゆことでアイナちゃん、」

俺はアイナちゃんに手を差し伸《の》べる。

「行こう、アプトス共和国に」

けれども、これに驚いたのがステラさんだ。

「シロウさん、なにを言って……。故郷は……アプトス共和国は――」

動揺《どうよう》するステラさんに、

「ステラよ、心配いりません」

ママゴンさんが言葉をかける。

「私が主様とアイナを運びましょう。無論、貴女《あなた》も共に」

「ママゴンさん……。でもわたしの故郷はとても遠くにあるんですよ？」

ステラさんの問いに、ママゴンさんはドラゴンに変身することで答えた。

民家のお庭にドラゴンが降臨。

ただ、いつものドラゴン姿よりもサイズが小ぶりなのは、周囲に気を遣《つか》ってのこと。

俺も先日知ったのだけれど、ドラゴン姿のママゴンさんにはサイズ調節機能まで搭載《とうさい》されているのだ。

まあ、人の大きさになれるのだから、自身のサイズを自在に変えられるのも当然か。

『私には散歩のようなものです。さあ、私の背に』

ドラゴンになったママゴンさんが身をかがめ、乗るように促《うなが》してくる。

再度アイナちゃんに手を差し出す。

「行こう。アイナちゃん」

「っ……」

アイナちゃんはぐしぐしと涙を拭《ぬぐ》い、

「ん！」

俺の手を取った。

「ステラさんも行きましょう！」

「おかーさん、いこ？」

アイナちゃんが手を伸ばす。

「……」

ステラさんは僅《わず》かに逡巡《しゅんじゅん》するも、

「ええ。行きましょうアイナ。わたしたちの故郷に」

大切な娘《むすめ》の手を握《にぎ》るのだった。

◇◆◇◆◇

「カレンさん、申し訳ありませんが後のことは任せていいですか？」

誕生日会の真っ最中に抜《ぬ》け出す。それも帰郷を理由に。

みんな呆《あき》れ顔だったけれど、

「仕様のない奴《やつ》だな君は。だが、いいさ。他《ほか》ならぬシロウの頼《たの》みだ。この場は引き受けよう」

カレンさんが引き継いでくれた。

「詩織ちゃん、沙織、すあまのことよろしくね」

「は～い」

「兄ちゃん戻《もど》ったらお小遣《こづか》いだぞ！」

妹たちにすあまのこともお願いできた。

あとは——

「シェスもごめんね」

「いいわ。とくべつにゆるしてあげる」

シェスは両手を腰に当て、ちょっと拗《す》ねたように。

でも最高の笑顔で。

「そのかわり、アイナにサイコーのプレゼントをしてきなさいよ！」

「っ……。任せて！」

ママゴンさんがふわりと宙に舞《ま》い上がる。

みんなに見送られ、俺たちは北西へと飛び立った。

眼下では、大切な仲間たちがずっと手を振《ふ》っていた。

第一七話　故郷へ

ママゴンさんの背に乗った俺たちがアプトス共和国に着いたのは、翌朝のことだった。

三日前にもママゴンさんと来ていたから迷うこともなかった。

でもここからはステラさんの案内の下、故郷の町を目指す。

アプトス共和国の西にある、人口五〇〇人ほどの小さな町イフリト。

このイフリトこそが、ステラさんが育ちアイナちゃんが生まれた町だった。

ママゴンさんに町の近くで降ろしてもらい、徒歩で移動。

町に入ると――

「…………」

ステラさんがいまにも泣き出しそうな顔をしていた。

叶《かな》わぬと思っていた帰郷を果たし、込《こ》み上げるものがあるのだろう。

「おかーさん？」

「大丈夫《だいじょうぶ》。……大丈夫よ」

心配するアイナちゃん。

ステラさんは安心させるように微笑《ほほえ》み、頭を撫《な》でる。

やがて、

「シロウさん」

「なんでしょう?」

「わたしはこれから知人に会いに行こうと思います。シロウさんとママゴンさんは、どこかでアイナと待っていてもらえませんか?」

ステラさんが会いに行こうとしている相手と、手紙を出そうとしていた相手が一緒なのはすぐにわかった。

どうして会いに行こうとしているのかも。

「わかりました。なら俺たちは町を散歩してますね。そうだな……」

周囲を見回し、待ち合わせができそうな広場を見つける。

「あそこ。お昼にあそこの広場で待ち合わせしましょうか?」

「わかりました。すみませんが、少しの間アイナをお願いします」

「はじめて来た町ですからね。むしろ俺がアイナちゃんに面倒《めんどう》をみてもらう側ですよ」

おどけたように言うと、ステラさんがくすりと笑う。

ほんの少しだけ、肩《かた》の力が抜けたようだった。

「アイナ、シロウさんと待っててね」

「……うん」

「じゃあ、お母さん行くわね」

「……うん」

もう一度だけアイナちゃんの頭を撫でてから、ステラさんは何処《どこ》かへと歩いて行った。

寂しそうな、不安そうな顔をするアイナちゃん。

イフリトはアイナちゃんが生まれた町だ。

けれど、四歳《さい》までしか住んでいなかった。

どれだけ町のことを憶《おぼ》えているかはわからない。

ひょっとしたら、はじめて来た町のように感じているかもしれない。

だから俺は、

「アイナちゃん、手」

「ん？　うん」

アイナちゃんの手を握った。

握った手から、アイナちゃんの不安が伝わってくる。

こんなときアイナちゃんのお父さんなら、きっと。

「よし。アイナちゃん、探検に行こう！」

「っ……。うん！」

以前、領都マゼラを訪れたときに、アイナちゃんが教えてくれた。

アイナちゃんのお父さんは、はじめてきた町で「探検に行こう」と、そうアイナちゃんに言っていたと。

俺の手をぎゅっと握るアイナちゃん。

探検と聞き、不安が消えたようだった。

「主様、ステラと行き違《ちが》いになってはいけないので、私は広場で待機しておりますね」

俺とアイナちゃんに気を遣ったのだろう。

ママゴンさんがそんなことを言ってきた。

「お願いします。なにかあったら……この、」

俺は「この」の部分で、ベルトにつけたホルダーを叩く。

「トランシーバーで連絡《れんらく》してください」

「承知しました」

こうして俺とアイナちゃんは、イフリトの町の探検を開始するのだった。

第一八話　父の記憶

士郎《しろう》とアイナは、イフリトの町を歩いていた。

「見てごらんアイナちゃん、大きな鳥だ！　荷馬車を運んでいるよ」

「シロウお兄ちゃん、あれがエビラスオルニスだよ！」

「へぇえ。ホントに馬より大きいんだね」

「アイナのいったとーりでしょ？」

「うん。びっくりした」

アイナはこの町が故郷だと言われても、しっくりこなかった。

なんせ四歳の頃《ころ》の記憶なのだ。仕方がないではないか。

「この町の人が着てる服、ステラさんのとそっくりだね」

「おかーさんね、こきょーのブンカをソンチョーしてるんだよ」

「あはは。なるほどね。そゆことか」

でも――

「あ……」

「ん、どしたのアイナちゃん？」

「……」

「アイナちゃん？」

「……ここ」

「え？」

「ここ、おとーさんときたことがある」

町を流れる川を見た瞬間《しゅんかん》、父との記憶が蘇る。

「……おとーさん」


――誤って川に落ちた自分を、お父さんが助けてくれた。


憶えている。憶えている。

アイナが走り出す。士郎は慌《あわ》てて追いかけた。

でも、決して呼び止めることはしない。

町の通りを抜けた先。

そこに大きな木が生えていた。

見上げるほどの大きな木だ。

「この木をね、アイナがのぼろうとして……おとーさんにおこられたの」

「そっか。じゃあ想い出の木だね」

「でも、おこられたんだよ？」

「アイナちゃんのために怒《おこ》ったんだよ？　なら大切な想い出だよ」

「……そうかな？」

「そうだよ」


探検は続く。

歩けば歩くほど記憶が蘇ってきた。

「あそこのお店、おとーさんといったことがある」

「うん」

「ここの井戸《いど》でね、おとーさんと水をかけあったの」

「へぇえ。仲いいねぇ」

この町に、この場所に、自分の側に、お父さんはいない。

けれど、

「……おとーさん」

——この町のどこにだってお父さんはいた。

アイナは士郎の手を握った。

強く握った。


アイナたちが広場に戻ると、お母さんが待っていた。

シロウお兄ちゃんが何事かと訊くと、お母さんは寂しそうな顔で首を振っていた。

お父さんは戻っていないのだと、アイナにもわかった。

でもすぐに、

「花畑を見に行こう！」

シロウお兄ちゃんがそんなことを言い出したのだ。

ママゴンお姉ちゃんは町に残るらしい。

だから三人で手を繋《つな》いだ。

お母さんと、シロウお兄ちゃんと、自分。

もちろん真ん中は自分だ。

昔からそうだったのだ。

いつかの誕生日のように三人で手を繋ぎ、丘を目指す。

お話をしていたらあっという間に着いた。

「…………」

「…………」

「…………」

圧倒《あっとう》された。

薄紫色《うすむらさきいろ》の花が、丘一面に咲いている。

大切な想い出の場所。

時折、夢に出てくる花畑。

一緒《いっしょ》だった。

想い出と、夢で見た光景と、まったく一緒だった。

「……おかーさん、きれいだね」

「ええ。きれいね。とってもきれい」

花畑を見ていると、

「アイナちゃん」

突然《とつぜん》、シロウお兄ちゃんが背中を押《お》してきた。

次いで、花畑を指さして。

「行かないの？」

「——うん！」

駆《か》け出した。全速力だ。

ラーパスの花畑に入り、跳《と》びはねて、くるりくるりと踊《おど》ってみせた。

リズムとか、振り付けとか、難しいことは気にしない。

ただ心のままに——想い出のなかにあるあの時のように。


——くるり。くるり。


気づけば隣《となり》にお母さんがいた。

お母さんも自分といっしょに、くるりくるりと踊っていた。

「アイナ」

「おかーさん！」

お母さんの手を握った。

そして手を取り合って踊った。

楽しかった。

楽しくて、楽しくて、とっても楽しくて。


――どうしようもなく逢《あ》いたくなった。


瞬間、アイナはラーパスの花畑に倒《たお》れ込んだ。

仰向《あおむ》けに倒れ、両手で顔を覆《おお》う。

「アイナちゃん⁉」

心配した士郎が駆け寄ってきた。

ステラも同じだ。

けれど、

「おとーさん……」

父を求めた。

アイナは父を求め、士郎もステラも、その涙の理由を知った。

「おとーさん……おとーさん……おとーさん」

もう、止められなかった。

逢いたく逢いたくて、どうしようもなかった。

「おとーさんにあいたい」

気づけば口に出していた。

「アイナ……」

「あいたいよぉ」

アイナは泣いた。

泣いて、泣いて、逢いたいと口にした。

第一九話　母と娘と

「あいたいよぉ」

アイナちゃんは泣いていた。

想い出の花畑で、お父さんに逢いたいと涙を流していた。

「アイナ、おいで」

「ん……」

ステラさんが、アイナちゃんを抱《だ》き起こす。

そのまま抱きしめ、囁《ささや》くように。

「お母さんも逢いたい。お父さんに逢いたい」

ずっと胸にしまっていた想いを、アイナちゃんに打ち明けた。

アイナちゃんは、ステラさんの胸に顔を埋《うず》めたまま、ぽつりと、

「おかーさん、ごめんね」

「どうしてアイナが謝《あやま》るの？」

「だって、アイナがいるからおとーさんをさがしにいけないんでしょう？」

「それはちが——」

「おかーさん、アイナは九さいになったよ」

「っ……」

顔を上げたアイナちゃん。

涙をぐしぐしと拭《ぬぐ》い立ち上がると、正面からステラさんを見つめた。

「ともだちもできたよ。しんゆうだよ。シロウお兄ちゃんに、パティちゃんにカレンお姉ちゃん。大好きな人もいっぱいできたよ」

「だからね、アイナはもうひとりじゃないよ。もうだいじょうぶだよ」

「っ……」

ステラさんの頬《ほお》を涙が伝う。

けれどもステラさんは、拭いもせずに。

「シロウさん」

「はい」

「わたしとはじめて逢ったときのことを覚えていますか？」

「はい」

はじめて逢ったとき、ステラさんはもう立つことすらできないほど弱っていた。

でもいまはどうだ？

故郷の地に、想い出の場所に、自分の脚《あし》で力強く立っている。

「あのとき、わたしはシロウさんにアイナのことを託《たく》そうとしました」

「しましたね。いきなりだったからびっくりしましたよ」

「うふふ。それだけ必死だったんですよ。命よりも大切な娘ですから」

「ならしょうがないですね」

二人でくすくすと笑い合う。

でも、すぐに真剣《しんけん》な顔に戻ると。

「シロウさん、あのときのお願いを、もう一度してもいいでしょうか？」

俺《おれ》はアイナちゃんの手を握った。

ぎゅっと握った。

アイナちゃんもぎゅっと握り返してきた。

「はい」

「アイナのことを、お願いしていいですか？」

「任せてください。むしろ俺以外にお願いしたら怒るところでしたよ」

「ふふふ。……はい」

ステラさんは指先で涙を拭い、微笑んだ。

「アイナ」

「……ん」

ステラさんがしゃがみ、おでこをコツン。

アイナちゃんと目線を合わせる。

「お母さんね、」

「うん」

「お父さんを捜《さが》しに行ってもいい？」

「……うん」

「必ずお父さんを連れてニノリッチに戻るから、待っててくれる？」

「ん、まってる。ずっとまってる」

ステラさんを見つめるアイナちゃん。

その瞳には強い意志が宿っていた。

「あんなにも泣き虫だったのに、強くなったのね」

「だって、アイナもう九さいだもん」

「そうね。大きくなったのよね。あの人にも――お父さんにも大きくなったよって、見せてあげようね」

「ん！」

優《やさ》しい母娘は抱き合い、涙《なみだ》を流し、そして笑い合った。

風が吹《ふ》き、花びらが舞い、とてもきれいだった。

最終話　旅立ち

ステラさんの旅の準備をするため、俺たちは一度ニノリッチに戻ってきた。
「一〇日後に出発しようと思います」
旅の支度《したく》に、知人への挨拶《あいさつ》回り。
それとアイナちゃんと過ごす時間。
全部を入れて一〇日と。
ステラさんはそう言った。
だから俺は、アイナちゃんに一〇日間の休みをあげた。
『アイナ、おやすみはいらないよ?』
休みはいらない、絶対にいらないと言うアイナちゃんに、ダメです命令ですと返す俺。
押し問答《もんどう》の末、雇用主《こようぬし》の立場を笠《かさ》に着て無理やりに休みを取ってもらった。
サラリーマン時代の俺が欲《ほっ》しても手に入らなかった、有給休暇《きゆうか》というやつだ。
根負けしたアイナちゃんは、

『……ありがとう』

と言っていた。

一〇日間を母娘でどう過ごしたのかはわからない。

いつも通りに過ごしたのかもしれない。

公衆浴場で背中を流し合ったのかもしれない。

いつもより奮発して美味《おい》しいご飯を食べたのかもしれない。

劇場で冒険者《ぼうけんしゃ》たちの活躍《かつやく》に胸を躍《おど》らせていたのかもしれない。

ただ一つ言えることは、残された日々を大切に過ごしたということだ。

◇◆◇◆◇

そして、ステラさんが旅立つ日がやってきた。

見送りのため、みんなで町はずれに集合。

町外れを選んだのは、ステラさんが途中《とちゅう》までママゴンさんに乗って行くからだ。

この場所なら、ママゴンさんがドラゴンになってもそうそう気付かれはしないはず。

見送りに来たのは、パティにカレンさんにネイさん。

セレスさんとすあま。
蒼《あお》い閃光《せんこう》にデュアンさんにシェスとルーザさん。
あとおまけでエミーユさんと俺の妹たちに、なんとばーちゃんまで。
ステラさんと順番に言葉を交《か》わし、旅の無事と成功を祈《いの》った。
餞別の品も渡《わた》していた。
セレスさんは、
『この髪《かみ》は、一本一本が使い魔《ま》に変化する。危険が迫《せま》った時に使え』
使い魔を召喚《しょうかん》できる自らの髪を。
ママゴンさんは、
『この笛を吹けば私が駆け付けましょう』
ドラゴンにしか聞こえないという特殊《とくしゅ》な笛を。
ばーちゃんもなにやら色々と渡していた。
きっと、役立つものなのだろう。
なんだかんだ、みんなステラさんの身を案じているのだ。

「町長さん、アイナのことをどうかよろしくお願いします」

みんなと話し合った結果、アイナちゃんはカレンさんの家——町長宅でお世話になることとなった。

俺だとアイナちゃんを甘《あま》やかし過ぎて教育上よろしくない、という理由からだ。

反論のしようがないほど正鵠《せいこく》を射ているから、悔《くや》しいったらなかった。

同じような理由で、

『あたしといっしょにすめばいいじゃない！』

と言うシェスの案も却下《きやっか》された。

使用人が常駐《じょうちゅう》している家に、アイナちゃんが馴染《なじ》めるわけがないもんね。

子育ては難しいのだ。

「承知した。厳しく育てるから安心してわたしに任せて欲《ほ》しい」

不敵に、でもどこか冗談《じょうだん》めかして言うカレンさん。

これにはステラさんもハラハラと。

「その……お手柔《てやわ》らかにお願いしますね」

どれぐらい厳しいのだろう、と不安に感じているようだった。

「フッ。心配は無用だ。どうせシロウがアイナを甘やかすだろうからな。わたしが厳しく教え、シロウが寄る辺となる。ちょうどいいバランスだろう」

カレンさんはそう言うと、ステラさんにウィンクした。

「うふふ。そうですか。町長とシロウさん、二人でアイナを育ててくれるのね」

そんなステラさんの言葉に、

「おーおー。あんちゃんと町長が嬢《じょう》ちゃんを育ててるなんて、まるで夫婦《ふうふ》だな」

ライヤーさんが軽口を叩《たた》いた。

瞬間、カレンさんの顔が赤くなる。

「な、何を言って――――っ⁉」

「そですよライヤーさん。言っていいことと悪いことがありますからね！」

そゆこと言うの止《や》めて欲しい。マジ止めて欲しい。

だってデュアンさんの俺を見る目が怖《こわ》いもの。

「ぷふっ。ふふふ」

ステラさんが吹き出す。

それを見て、カレンさんもやれやれと苦笑い。

いつしか二人は笑い合っていた。

ステラさんとカレンさんは同い年というのもあって、実は気が合うのだ。

「道中、気をつけてな」

「はい。町長さんもどうかご健勝で」

カレンさんが一歩後ろに下がる。

次は俺の番だった。

「シロウさん」

「はい」

「本当に……ありがとうございました」

「別に大したことはしてませんよ」

「そんなことはありません。シロウさんとの出逢《であ》いが、わたしとアイナの運命を良い方向へ導いてくれたのですから」

「やだなー。大げさですって」

「大げさじゃありません。そうよね、アイナ？」

突然振《とつぜんふ》られたにもかかわらず、アイナちゃんは大きく頷《うなず》く。

「うん。アイナね、シロウお兄ちゃんにあえてよかった。お花をうってたとき、シロウお兄ちゃんに声をかけてよかった」

「っ……」

ヤバイ。油断してた。

ちょっと感動しちゃったじゃんね。

ステラさんと暫《しばら》くお別れすることも相まって、泣いてしまいそうだ。

でも俺だって男の子。人前で涙は見せられない。

なんとしてでも堪《こら》えなければ。

「くしししっ。なんだシロウ、泣いてるのか？」

「ち、違うよ親分。泣くわけないじゃん！」

「強がるなよあんちゃん。おれが胸を貸してやろうか？」

「ライヤーさんの胸は、バッキバキに硬《かた》そうなんで遠慮《えんりょ》しておきます」

「じゃあボクが貸してあげるにゃ。やわらかいよ？」

「だってよあんちゃん。キルファに胸を借りるか？」

「だから泣いてませんってば‼」

パティ、ライヤーさん、キルファさんとの寸劇。

みんな笑っていた。

寂《さび》しさを紛《まぎ》らわすかのように、笑っていた。

「っとにライヤーさんは……。あ、ごめんなさいステラさん。なんか話が変な方向に行ってしまって」

「いいえ。それより、わたしでよければ胸をお貸ししましょうか？」

「ステラさんまでなに言っててんですか！」

またみんなで大笑いした。

別れの時は、涙よりも笑顔《えがお》の方がずっといいからだ。

「はぁ～……。さてっと」

大きく息を吐《は》き、ステラさんに向き直る。

「ステラさん」

「はい。なんでしょう？」

「実はステラさんに、紹介《しょうかい》したい人たちがいます」

「紹介？　誰《だれ》かしら」

「いま呼びますね」

俺は後ろに顔を向け、待機していた冒険者たちを手招き。

男女五名からなる冒険者パーティが近づいてくる。

彼《かれ》、彼女《かのじょ》らのパーティ名は――

「紹介しますステラさん。ステラさんを完璧《かんぺき》に護衛してくれる冒険者パーティ、『白狼《はくろう》の牙《きば》』です」

「護衛……わたしの？」

「はい。ステラさんの護衛です。というわけで白狼の牙のみなさん、こちらの女性が護衛対象のステラさんです」

白狼の牙にステラさんを紹介する。

パーティを代表して進み出たのは、白髪《はくはつ》の青年。

「よろしくな。俺がリーダーのゼファイスだ。ゼファーと呼んでくれ」

ゼファーさんが握手《あくしゅ》を求める。

しかし、ステラさんはこれをスルー。

「待ってくださいシロウさん。護衛って……護衛ってどういうことですか？」

説明を求めるステラさんに答えたのは、ゼファーさんだった。

「シロウに頼《たの》まれたんだ。あんたの旅についていって守ってくれってよ。ああ、護衛料は心配しなくていいぜ。こう見えてカネには困ってないんだ」

ニノリッチに戻《もど》った俺は、密《ひそ》かにステラさんの護衛を探していた。

旅に危険はつきもの。ならせめて護衛をつけてもらわなければ、安心して送り出すこともできない。

そんなときに名乗り出てくれたのが、ゼファーさんたち白狼の牙だったのだ。

『他意のない意味で、大切な人を護《まも》って欲しい』

そんな俺の頼みをゼファーさんたちは快く引き受けてくれた。

もちろん、何度も確認《かくにん》はした。

『いいんですか？　依頼《いらい》を出しておいてなんですが、どこにいるかもわからない人を捜す旅ですよ？　正直、何年もかかるかもしれません』

『知らないのかシロウ？　俺たち白狼の牙は、お伽噺《とぎばなし》を頼《たよ》りにナシューの遺跡《いせき》を探し当てたんだ』

ゼファーさんはにやりと笑い、続けて。

『ティナを見つけたことに比べりゃ、生きてる旦那《だんな》を捜すぐらいわけないぜ』

あのときのゼファーさん、めちゃんこ男前だったな。

斯《か》くして、なんと護衛として金等級の凄腕冒険者《すごうでぼうけんしゃ》パーティをゲットである。

しかも報酬《ほうしゅう》はいらないと言っていた。

俺への借りを返すために、依頼を受けたとも。

でも俺の信条として、人にタダで働いてもらうのは気が引ける。

だから報酬というわけではないけれど、遺跡で発見された空間収納《くうかんしゅうのう》が付与《ふよ》されたカバンをオークション会場でゲットし、渡しておいた。

まさかオークション会場を作った俺が、自らオークションに参加することになるとはね。

金貨を握《にぎ》り締《し》めて、全力で参加してしまったぞ。

マジックアイテムのカバンには食料やおカネ、他にもいろいろと便利アイテムを入れておいた。

旅の役に立つといいな。

「シロウさん、護衛なんて……ダメです。メッです」

ステラさんが怒ったような声を出す。

けれども、

「おっと。シロウを責めるなよ。これは俺たちから言い出したことなんだ」

ゼファーさんは、真剣な顔で。

「シロウには返しきれない借りがあるんだ。でもよ、あんたの旦那を見つけりゃ、それを少しは返せるんだ」

「ですが……」

「頼むよ。これが俺たち白狼の牙の最後の依頼《クエスト》なんだ」

「……」

「シロウに借りを返させてくれ。頼む」

ゼファーさんが頭を下げる。

やり取りを聞いていた仲間たちも、頭を下げていた。

ステラさんは悩《なや》み、少ししてため息をついた。

「……わかりました」

「本当か？　いいのか？」

「ええ。わたしもシロウさんには返しきれないほどの恩があります。だから、あなた方の気持ちもわかりますから」

ステラさんは微笑《ほほえ》むと、ゼファーさんの手を取った。

「長い旅になるかもしれませんが、どうかよろしくお願いいたします」

「俺たちの方こそだ。よろしく頼む」

ステラさんは、白狼の牙一人ひとりと握手を交わしていく。

護衛問題もこれで解決。

最後は——アイナちゃんの番だった。

「アイナ」

「おかーさん」

ステラさんが、アイナちゃんのおでこに自分のおでこをくっつける。

「アイナ、お母さん暫く留守にするわね」

「……うん」

「一人で寝《ね》られる？」

「ねれない。だからね、パティちゃんとピースとねるの」

「そう。お腹《なか》出して寝ないでね」

「……うん」

「もうシロウさんのお店にお迎《むか》えに行けないから、帰るときは気をつけるのよ」

「だいじょーぶ。シロウお兄ちゃんがね、いっしょにかえってくれるって」

「なら安心ね」

「……うん」

ステラさんがアイナちゃんを抱きしめる。

アイナちゃんも、その温《ぬく》もりを記憶《きおく》に刻もうと抱きしめていた。

「いまからお母さんが言うこと、憶《おぼ》えていてくれる？」

「……うん」

「お母さんね、アイナを産んではじめて抱っこしたとき」

「うん」

「本当に幸せだった。信じられる？　自分の命よりも大切なものができたのよ？」

「……アイナがたいせつ？」

「そうよ。大切。とても大切。誰にも渡したくない宝物よ」

「ぁう……ふぐぅ……アイナも、おかー……さんが、たいせつ」

「大好きよ、アイナ」

「……うん」

「泣き虫なアイナが大好き」

「……うん」

「優しいアイナが大好き」

「……うん」

「お片付けが得意なアイナが大好き」

「おかーさん……おかたづけへたちょだもんね」

「そうよ。アイナがいないとお部屋が大変になっちゃうんだから」

優しい母娘《おやこ》は、泣きながら笑い合う。

「おかーさん」

「なぁに？」

「アイナ、おかーさんのこどもでよかった」

「っ……」

「おとーさんのこどもでよかった」

「……うん。そうよ。お母さんもアイナが子供でよかった。お父さんも同じ気持ちよ」

「おかーさん」

アイナちゃんは、愛情がたくさん込《こ》められた笑顔で。

「おとーさんを見つけたら、アイナのぶんもぎゅっとしてあげてね」

「ええ。抱きしめるわ。いっぱい抱きしめる。アイナの分も抱きしめるわ」

「おかーさん、ありがとう。だいすき。せかいでいちばんだいすき」

母娘の抱擁《ほうよう》が終わり、

「じゃあ、お母さん行くわね」

「いってらっしゃい、おかーさん」

「行ってきます」

ステラさんたちはドラゴン《ママゴンさん》の背に乗り、空へ。

アイナちゃんはずっと手を振《ふ》り続けていた。
ずっと、ずっと。

エピローグ

ステラさんが旅立って、三日が経った。

戻って来たママゴンさんから聞いた話では、イフリトの町からいくらか西に行ったところで降ろしたそうだ。

徒歩で西に進み、かつてアプトス共和国と戦争をしていた国に入国するつもりらしい。

心配したらきりがないけれど、金等級の冒険者たちが一緒にいる。

セレスさんやママゴンさんが渡したアイテムもあるし、きっと……いいや、絶対に大丈夫《だいじょうぶ》だ。

そしてアイナちゃん。

「おはよう。シロウお兄ちゃん」

「うん、おはようアイナちゃん。今日もよろしくね」

「はーい」

アイナちゃんは、以前と変わらぬ様子で俺《おれ》の店で働いている。

「今日のお昼はカレーライスだよ」

「かれーらいす？　シチューみたいにちゃいろいね」

「見た目は抵抗《ていこう》があるかもだけれど、まずは食べてみて。甘口《あまくち》だけどスパイスもしっかり利いてて美味しいよ」

「うん」

「じゃあ、せーの、」

「『いただきます！』」

昼食も毎日一緒《いっしょ》だ。

夜になれば、ここにカレンさんやパティが加わったり、シェスと一緒に食べたりと、賑《にぎ》やかな食卓《しょくたく》が待っている。

ステラさんがいなくても、アイナちゃんは決して一人ではなかった。

「おいひぃっ」

「でしょ？」

アイナちゃんは瞳《ひとみ》を輝《かがや》かせ、カレーをもぐもぐと。

対して俺はドヤ顔を披露《ひろう》。

得意げな顔をする俺を見て、アイナちゃんは吹き出していた。

――アイナちゃんが笑ってくれている。

ステラさんが帰って来るその日まで、ずっと笑顔でいて欲しいと思った。

◇◆◇◆◇

「シロウお兄ちゃん、またあしたね」

「うん、また明日。シェスと一緒だからって夜更《よふ》かししちゃダメだよ?」

「はーい」

アイナちゃんをシェスの屋敷《やしき》に送り届ける。

今晩は親友とのお泊《と》まり会。

「シェスも夜更かし禁止だからね」

「わ、わかってるわよ!」

屋敷の玄関《げんかん》まで迎えに来たシェスにも、そう釘《くぎ》を刺《さ》しておく。

シェスの屋敷に泊まった翌日のアイナちゃんは、必ずと言っていいほど眠《ねむ》そうにしていた。

聞けば、シェスと夜遅《よるおそ》くまでお喋《しゃべ》りしていたとのこと。

友だちとのお泊まり会で昂《たか》ぶっちゃうのは分かるけれど、成長期の子供に睡眠《すいみん》は欠かせない。

まあ、二人とも楽しみにしている定期イベントだから、俺としても強くは言えないのだけれどね。

それでも大人として、そしてアイナちゃんを託された一人として、言わないわけにはいかないのだ。

「じゃあ俺は行くね。二人ともおやすみ。良い夢を」

「おやすみなさい、シロウお兄ちゃん」

「ふふん。あたしはまだねないけれどね」

「シェス？」

「う、ウソよ。ウソ。おやすみアマタ」

二人に見送られ、俺はシェスの屋敷を後にした。

◇◆◇◆◇

やってきたのは妖精の祝福《ギルド》。

アイナちゃんとシェスに、夜更かしダメ絶対、とか言っておきながら、本日の俺には飲み会の予定が。

「お待たせしました」

酒場に着いた俺は目的のテーブルを見つけ、先に待っていた四人に声をかける。

「よう、あんちゃん」

「………………やっと来た」

「シロウ殿、どうぞこちらの席へ」

「ダーメ。シロウはボクの隣《となり》にゃ」

本日の飲み会は蒼い閃光と。

昼頃《ひるごろ》ぷらっと店に来たライヤーさんに誘《さそ》われ、こうして杯《さかずき》を交わしている次第《しだい》だ。

「そういや聞いたかあんちゃん？」

「お、なにをです？」

「………………ギルドマスターが、ママゴンとセレスを冒険者にしたがっている」

「ええっ⁉　それ本当ですか？　てか、ドラゴンと魔人ですけれど、ギルドの規約というか資格というか、とにかくそれっぽいのは問題ないんですかね？」

「シロウ殿、ギルドの規約では冒険者を希望する者の種族は問われないのです」

「へぇえ」

最近耳にした話を肴《さかな》に、お酒を楽しむ。

ブラック企業《きぎょう》で社畜をしていたときには考えられなかった、アフター6での飲み会。

それも気の合う仲間と一緒に、だ。

誰かが話題を振れば、別の誰かがその話題を広げ、いつしかお腹を抱《かか》える笑い話へと変わっていく。

控《ひか》えめに言ってとても楽しいじゃんね。


「キルファにお手紙なんですよぅ！」

エミーユさんが声をかけてきたのは、そんなタイミングでのことだった。

手紙を手にしたエミーユさんが、キルファさんを手招き。

受付カウンターへ呼び、受け取りの手続きを済ませる。

「にゃんだろ？」

手紙を手に、テーブルへと戻って来たキルファさん。

封《ふう》を開け、手紙に目を通す。

「ふにゃ。父ちゃんからにゃ」

どうやらお父さんからの手紙だったようだ。

最初こそ表情に変化はなかったものの、次第に真剣な顔となり、

「……っ⁉」

やがて、「やべぇ。超やべぇ」みたいな顔へと変わった。

「っ……」

手紙から顔を上げたキルファさんは、周囲をきょろきょろと。

酒場を見回し、ギルド内を見回す。

鋭《するど》い視線はまるで狩人《かりゅうど》のようだ。

「シロウ‼」

獲物《えもの》を探す目が、最後に俺で止まる。

「な、なんですか？」

「シロウにお願いがあるんだにゃ！」

「へ、俺に？」

「うん。シロウに！」

「俺にできることであれば、喜んで協力しますよ」

「ホント？　ホントにゃ？　ボクのお願い聞いてくれるにゃ？」

「本当ですよ。だって俺たちは仲間じゃないですか」

お酒の勢いも手伝って、ちょっと芝居《しばい》じみたセリフを言ってみる。

「よかったにゃ〜」

キルファさんが、心底ほっとしたように胸を撫《な》で下ろした。

「それで、俺はなにをすればいいんですか？」

「大したことじゃないにゃ」

キルファさんはにっこり笑うと、

「ボクと一緒に、ボクの故郷に行って欲しいんだにゃ」

「キルファさんの故郷と言うと――ま、まさか猫獣人《ケットシー》の国ですかっ？」

「うん。そーだよ。国じゃなくて里にゃんだけどね」

「きたぁぁーーーっ!!」

思わず叫《さけ》んでしまった。

もちろん渾身《こんしん》のガッツポーズも披露して。

いきなり叫んだものだから、蒼い閃光の四人がびくりとしてしまったぞ。

でも仕方がないじゃんね。

キルファさんの故郷、猫獣人の里。つまりはネコ耳パラダイス。

いつかは行ってみたいと思っていた地上の楽園、もしくは約束の地《プロミスランド》に、遂《つい》に行けるという。

ならば叫ばない方がおかしいというものだ。

「いつ行きますか？　明日？　明後日？　なんなら今からでも構いませんよ！」

「あんちゃん興奮しすぎだろ」

「…………シロウ、怖い」

「シロウ殿のように獣人《じゅうじん》種に愛を注げる方が増えれば、この世もいくらか平和になりましょうに」

目の色を変える俺に、ライヤーさんとネスカさんがドン引きし、ロルフさんに至っては世の平和を願いはじめてしまった。

「にゃっはっは。シロウがこんなに喜んでくれるなんて嬉《うれ》しいだにゃ」

「猫獣人の里に行けますからね。俺にとっては全《すべ》てを投げ出してでも行きたい場所ですよ」

「じゃあ、もう一つだけお願い聞いてくれるにゃ？」

「どんと来いですよ！　なんでも言ってください。いまの俺は限りなく無敵に近い状態ですから」

バッチ来い、とばかりに胸を叩く。

ネコ耳プロミスランドに行けるのならば、どんな無茶《むちゃ》な要求も受け入れる覚悟《かくご》があった。

このときの俺は、確かに覚悟があったのだ。

「んとね」

「はい」

けれども——

「ボクのね」

「はいはい、キルファさんの？」

けれども次に出てきた言葉は、俺の予想を遥《はる》かに超《こ》えるものだった。

「お婿《むこ》さんになって欲しいんだにゃ」

あとがき

『いつでも自宅に帰れる俺は、異世界で行商人をはじめました』7巻を読んでいただき、ありがとうございました。

著者の霜月緋色です。


いきなりですが、今巻の発売まで半年も空いてしまい申し訳ありませんでした！

関係各所の皆さまにもごめんなさい！

本来ならもう少し早く出す予定だったのです。

早く出す予定だったのですが、実はちょうど前巻の発売日に肺炎で緊急搬送されてまして……。

ＳＮＳ等で新刊の発売を告知する余裕など当然なく、ただただ救急車の中で空きのある病院を四時間ほど待ち続けていました。

搬送先の医師の説明では、それなりに重症だったそうです。

搬送時に撮ったレントゲンも、肺が真っ白になっていました。

家族が私を見つけるのがあと一日二日遅かったら死んでいただろう、とのことでした。

生きてるって素晴らしいですね。

皆さまにも「やばい」と感じたら、すぐに病院へ行くことをおすすめします。


というわけで、発売日にも関わらずSNS等で私が沈黙していたのは、リアルに死にかけていたからでした。

今後、発売日にSNS等で私が沈黙していた場合、「ああ、また死にかけているんだな」と生暖かい目で見守っていただければと思います。


さてさて、死にかけていたことと相まって、今巻はなるたけはっちゃけた物語にしたいなー、というのがテーマでした。

というのも、前巻がちょっと重めの話だったので、今巻はさくっと読みやすい感じにしたかったのです。

結果として王女シェスフェリアが再登場したり、いつも通りエミーユが暴れたりと楽しく書くことができました。

皆さんも楽しんでいただけたなら幸いです。


次巻では、ニノリッチを飛び出して猫獣人の――ネコミミの里にシロウが乗り込みます（ギリのギリまでキルファにするか、エミーユにするかで悩んだのは秘密）。

いつもよりケモミミ成分が多目になる予定ですので、楽しみにしていただければと思います。


宣伝です！

明地雫先生が描く、『異世界行商人』のコミック①～③巻が好評発売中です。第④巻が待ち遠しい！

こちらも原作同様、お手にとって頂けるととても幸いでございます。


では恒例の謝辞を。

イラストレーターのいわさきたかし先生、いつも最高なイラストをありがとうございます。

そしてスケジュールを乱してしまい、すみませんでした！（土下座）
いわさきたかし先生のイラストが届くたびに執筆用マシンの背景が更新され、締め切りに追われ心がくじけそうなときの励みとなっております。

漫画家の明地雫先生、いつもハイクオリティな連載をありがとうございます。
ネームが届くたびにワクワクし、連載が更新されるたびに興奮しております。
３月発売予定の４巻が待ち遠しいですね！

担当編集様、ＨＪ文庫編集部と関係者の方々、ありがとうございました＆ご迷惑をおかけしてしまい本当に申し訳ありませんでした！

死にかけていた私を見つけてくれた大切な家族。
励ましてくれたワンコたち。
それに友人と作家仲間たち。
いつもありがとうございます。

そして、毎回最後まで読んでくださった皆さんに最大級の感謝を！
ありがとうございました。

最後に、本の印税の一部を支援を必要としている子供たちに使わせていただきます。
一人でも多くの子供がハッピーになりますように！

この『異世界行商人』を買ってくれたあなたも、子供たちの支援者の一人ですよ。

では、８巻でお会いしましょう。

霜月緋色

Anytime I can!
いつでも自宅に帰れる俺は、異世界で行商人をはじめました
霜月緋色 著
Hiiro shimotsuki
ill. いわさきたかし
①〜⑦巻 好評発売中!
⑧巻 2023年発売予定!

「小説家になろう」
四半期
第1位
異世界転生・転移
ファンタジー部門
（2019年8月19日時点）
いつでも自宅に帰れる俺は異世界で行商人をはじめました
vol.1
漫画 明地雫
原作 霜月緋色
コミック単行本
①～③巻 好評販売中!!
漫画：明地雫
原作：霜月緋色
キャラクター原案：いわさきたかし

コミカライズも連載中の
スナイパー英雄譚！
著／かたなかじ
イラスト／赤井てら
漫画：瀬菜モナコ
原作：かたなかじ　キャラクター原案：赤井てら
発売予定!!

魔眼と弾丸を使って
異世界をぶち抜く
第16巻 2023年春

著／保利亮太
イラスト／bob
ウォルテニア半島に
居を据えた
御子柴亮真の
躍進は続く――。
2023年春発売予定！

コミック版も好評連載中！
漫画：八木ゆかり
原作：保利亮太
キャラクター原案：bob
コミックス
①～⑨巻発売中!!
ファイアクロス公式サイト
firecross.jp
ウォルテニア戦記XXIV

誕生日にアイ＝ファとの繋がりを強くしたアスタ。
そんなアスタの新たな一年は、銀色の獅子の紋章を掲げ、
軍勢を率いた王都の視察団たちによって幕を開けた。
彼らと共に戻ってきたレイトに
――忠告を受けつつも、
護衛団によってケガをした
ミラノ＝マスに代わってアスタは宿の調理を
手伝うことになってしまって――
Author EDA
Illust. こちも
異世界料理道
VOLUME 30
Cooking with wild game.

喜びの再会と新たな波乱で始まる
新章突入の第30弾！
2023年春発売予定!

HJ NOVELS
HJN47-07

いつでも自宅に帰れる俺は、異世界で行商人をはじめました 7

2023年2月20日　初版発行

著者――霜月緋色

発行者―松下大介

発行所―株式会社ホビージャパン

〒151-0053
東京都渋谷区代々木2-15-8
電話　03(5304)7604（編集）
　　　03(5304)9112（営業）

印刷所――大日本印刷株式会社

装丁――ansyyqdesign／株式会社エストール

ISBN978-4-7986-3079-3　C0076

ファンレター、作品のご感想お待ちしております

〒151－0053　東京都渋谷区代々木2－15－8
(株)ホビージャパン HJノベルス編集部 気付
霜月緋色 先生／いわさきたかし 先生